中華詩詞出版中心

湖北省中华诗词学会
湖北省荆门聂绀弩诗词研究基金会
组编

诗词格律ABC

◎ 崔鲲　姚泉名　编著

华中师范大学出版社

新出图证（鄂）字10号

图书在版编目（CIP）数据

诗词格律ABC/崔鲲，姚泉名编著；湖北省中华诗词学会，湖北省荆门聂绀弩诗词研究基金会组编. —武汉：华中师范大学出版社，2014.11（2017.6重印）

ISBN 978-7-5622-6796-6

Ⅰ. ①诗… Ⅱ. ①崔… ②姚… ③湖… ④湖… Ⅲ. ①诗词格律—诗词研究—中国 Ⅳ. ①I207.21

中国版本图书馆CIP数据核字（2014）第224886号

诗词格律ABC

©崔 鲲 姚泉名 编著

湖北省中华诗词学会 湖北省荆门聂绀弩诗词研究基金会 组编

责任编辑：张怀东 谢 琴　　**责任校对**：罗 艺　　**封面设计**：罗明波

编辑室：中华诗词出版中心　　**电话**：027－67867370

出版发行：华中师范大学出版社

社址：湖北省武汉市洪山区珞喻路152号

电话：027－67863280（发行部） 027－67861321（邮购）

传真：027－67863291

网址：http://www.ccnupress.com　　**电子信箱**：press@mail.ccnu.edu.cn

印刷：湖北卓冠印务有限公司　　**督印**：王兴平

字数：100千字

开本：710mm×1000mm 1/16　　**印张**：7.25

版次：2014年11月第1版　　**印次**：2017年6月第3次印刷

定价：18.00元

欢迎上网查询、购书

前　言

中国是诗的国度，中华诗词是中华民族优秀传统文化的瑰宝。作为中华诗学活动源头的中华诗教，已经有了两千多年的实践。孔子曰："不学诗无以言。""入其国，其教可知也。其为人也，温柔敦厚，诗教也。"习近平总书记在中共中央党校80周年校庆时明确指出："中国传统文化博大精深，学习和掌握其中的各种思想精华，对树立正确的世界观、人生观、价值观很有益处。""学史可以看成败、鉴得失、知兴替；学诗可以情飞扬、志高昂、人灵秀；学伦理可以知廉耻、懂荣辱、辨是非。"可见自古至今"诗教"以诗教人，即通过诵诗、写诗、用诗等形式将诗词中所蕴含的道德、意志、情感等发人深省的美学力量，来教化人心、提高素质。

"国魂凝处是诗魂。"在博大精深的中华诗词中充满着以爱国主义为核心的民族精神。当代中华诗教要以传承爱国主义精神、提高国民素质、弘扬社会主义核心价值观作为出发点和着力点，而诗教工作付诸实践的切入口，应是让中华诗词走进大、中、小学校园，即从校园诗教着手，提高广大学生的综合素质，从而实现以诗教提高国民素质的终极目标。

党的十八大报告提出："建设优秀传统文化传承体系，弘扬中华优秀传统文化。"为了进一步贯彻落实党的十八大会议和习近平总书记系列重要讲话精神，全面贯彻党的教育方针，湖北省中华诗词学会在湖北省教育厅的领导与指导下，在共青团湖北省委和湖北省教育厅关心下一代工作委员会的关心和支持下，会同相关地区、部门和单位，组织专家学者和诗词教师，开展"湖北省校园诗教工作"，发挥诗教立德、启智、燃情、健心、育美、创新的教育功能，让万千学子受到优秀传统文化的熏陶，不断提高自身的综合素质，并终身受益。

《诗词格律 ABC》就是响应党的十八大精神，并在先进诗教思想的指导下应运而生的，编写这本教材的目的是让学生在读诗、背诗的基础上，掌握诗词的基本常识，从而激发学生学习、创作诗词的兴趣，让中华诗词深深扎根在学生的心灵。

《诗词格律 ABC》的主要内容为诗词格律入门知识，力求深入浅出地介绍诗词格律的基本规律，共六大单元，分别介绍了诗词的基本常识、押韵规则、平仄规则、“粘对”规则、对仗和基本素养，条理清晰，可读性强。本书可以作为学生自学诗词的入门教材，也可以作为教师进行诗词教学的辅导资料。

诗词爱好者了解并掌握了诗词的格律知识，就相当于进入了诗词的大门并能坐下来揣摩其门道，进而能尝试自主创作诗词作品了。作为启蒙教材，这本书无疑填补了学生诗词格律教材的空白，这必将对推动中华诗教产生深远的影响。

在本书的编写过程中，湖北省教育厅给予了热情关怀，共青团湖北省委、湖北省教育厅关心下一代工作委员会、武昌区教育局、蔡甸区教育局、华中师范大学出版社中华诗词出版中心等单位给予了大力支持。湖北省中华诗词学会会长罗辉先生亲自审稿，湖北省中华诗词学会副会长李辉耀、湖北省中华诗词学会会长助理张雪华，武昌区教育局孙亚玲科长、张婷婷教研员，蔡甸区教育局方勇军副局长以及来自诗词教学一线的雷仲篪教授、王名生老师、文启尧老师、何江华老师都为本书的编审工作提出了宝贵的意见。在此谨向他们表示衷心的感谢！

我们坚信，通过校园诗教活动，一定能促进中华诗词的传承与发展、普及与提高，进而为实施中华诗词的“精品战略”，为弘扬伟大的民族精神，促进中华文化的大繁荣、大发展作出新的更大的贡献！

目　录

第一单元　基本常识

第一节　古体诗、近体诗与词

经典诵读

例一

关　　雎

《诗经·周南》

关关雎鸠①，在河之洲。
窈窕②淑女，君子好逑③。
参差荇菜④，左右流之。
窈窕淑女，寤寐⑤求之。
求之不得，寤寐思服。
悠哉悠哉，辗转反侧。
参差荇菜，左右采之。
窈窕淑女，琴瑟友之。
参差荇菜，左右芼⑥之。
窈窕淑女，钟鼓乐之。

【注释】

①雎鸠（jūjiū）：一种水鸟名。　②窈窕（yǎotiǎo）：女子文静而美

好。 ③逑（qiú）：配偶。 ④荇（xìng）菜：亦作莕菜，水生，可食。 ⑤寤寐（wùmèi）：醒与睡，这里指日夜。 ⑥芼（mào）：采摘。

例二

白雪歌送武判官归京

（唐）岑　参

北风卷地白草折，胡天八月即飞雪。
忽如一夜春风来，千树万树梨花开。
散入珠帘湿罗幕，狐裘①不暖锦衾②薄。
将军角弓不得控，都护铁衣冷难着。
瀚海阑干百丈冰，愁云惨淡万里凝。
中军置酒饮归客，胡琴琵琶与羌笛③。
纷纷暮雪下辕门，风掣④红旗冻不翻。
轮台东门送君去，去时雪满天山路。
山回路转不见君，雪上空留马行处。

【注释】

①裘（qiú）：皮衣。 ②衾（qīn）：被子。 ③羌（qiāng）笛：我国古老的乐器。 ④掣（chè）：拉，拽。

例三

送杜少府之任蜀州

（唐）王　勃

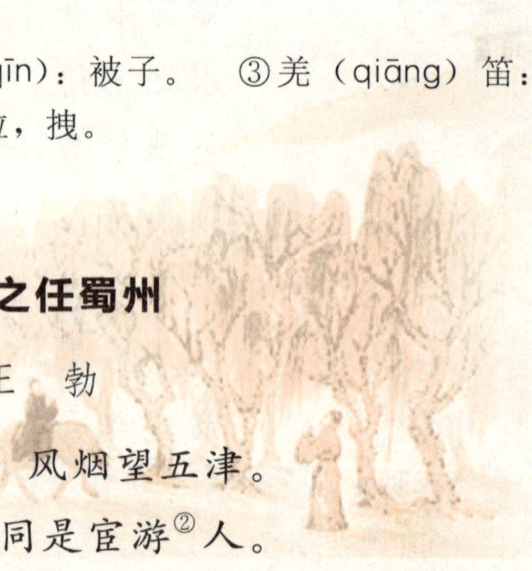

城阙①辅三秦，风烟望五津。
与君离别意，同是宦游②人。

海内存知己，天涯若比邻。

无为在歧路，儿女共沾巾。

【注释】

①城阙（què）：城楼，宫阙。 ②宦（huàn）游：为求官而出游。

例四

浣　溪　沙

（宋）苏　轼

山下兰芽短浸溪，松间沙路净无泥。潇潇暮雨子规啼。　　谁道人生无再少？门前流水尚能西！休将白发唱黄鸡。

格律知识

古体诗、近体诗与词

自唐朝起，诗人就习惯以格律为标准将诗大致分为古体诗和近体诗。

古体诗，也称古风。古体诗格律自由，不讲究对仗（见本书第五单元第一节）、平仄（zè）（见本书第三单元第一节），押韵较宽，篇幅长短也不限。从《诗经》到南北朝时期的诗，都算是古体诗（见本节例一），唐及以后也还有人写古体诗（见本节例二）。

唐朝初年，出现了一种新的诗体，很快流行并逐步完善起来。这种诗体讲究格律，在字数、声韵、对仗等方面都有规定，因为是新生的诗体，所以唐人将之称为近体诗或今体诗。后人沿用了唐人的说法，称这种注重格律的诗体为近体诗（见本节例三），也就是格律诗。

古体诗和格律诗可以分为很多种类。一般是按“言”，即按每句诗的字数来分。比如，每句诗有四个字的，就叫四言（见本节例一）；五个字的，就叫五言（见本节例三）；七个字的，就叫七言（见本节例二）。

词也是唐代兴起的一种新的文学样式，最初称为曲词或曲子词，是配音乐填写并传唱的，后来词逐渐跟音乐分离了，成为诗的别体，也有严格的格律（见本节例四）。经过长期不断的发展，词在宋代进入全盛时期，俗称宋词。

诗话故事

中国最早的诗歌

我国最早的诗歌是什么？通常大家都会认为《诗经》是我国最早的诗歌总集，许多人因此认为最早的诗就是收入《诗经》的第一首《关雎》。其实，有文字记载的还有更早的诗，这首诗只有短短的八个字，是二言诗，诗名为《弹歌》。

《弹歌》是一首远古时期的歌谣。此诗在《吴越春秋》里曾有记载，清代文人所编写的《古诗源》中也收入了这首诗："断竹，续竹；飞土，逐宍。"（这个"宍"字是古"肉"字）。

这首诗可以这样理解：断竹，就是把竹子断开；续竹，就是把竹子用皮子或绳子连接起来做成弓；飞土，就是用土捏成弹丸；逐宍（肉），就是用做成的弹弓去打猎。

这首诗表现了原始的狩猎生活，可以看作有文字记载的最古老的诗歌作品。

迁移拓展

1. 你还学过哪些古体诗（古风）？

2. 熟读本节例诗，最好是大声吟诵，体会各种诗体的节奏和韵律美。

第二节　五律、七律

经典诵读

例一

赋得古原草送别

（唐）白居易

离离原上草，一岁一枯荣。
野火烧不尽，春风吹又生。
远芳侵古道，晴翠接荒城。
又送王孙去，萋萋满别情。

例二

使至塞上

（唐）王　维

单车欲问边，属国过居延。
征蓬出汉塞，归雁入胡天。
大漠孤烟直，长河落日圆。
萧关逢候骑，都护在燕然①。

【注释】

①燕（yān）然：今蒙古人民共和国的杭爱山，这里代指前线。

例三

客　　至

（唐）杜　甫

舍南舍北皆春水，但见群鸥日日来。
花径不曾缘客扫，蓬门今始为君开。
盘飧[①]市远无兼味，樽酒家贫只旧醅[②]。
肯与邻翁相对饮，隔篱呼取尽余杯。

【注释】

①飧（sūn）：熟食。　②醅（pēi）：没滤过的酒。

例四

书　　愤

（宋）陆　游

早岁那知世事艰，中原北望气如山。
楼船夜雪瓜洲渡，铁马秋风大散关。
塞上长城空自许，镜中衰鬓已先斑。
出师一表真名世，千载谁堪伯仲[①]间。

【注释】

①伯仲（zhòng）：兄弟排行的次序，比喻差不多，难分优劣。

格律知识

五律、七律

律诗，属于第一课所说的近体诗，是严格遵守格律的诗体。

律诗的句数有严格的规定，每首诗有八句。律诗每一句的字数相等，每句五个字的，称为五言律诗，简称五律（见本节例一、例二）；每句七个字的，称为七言律诗，简称七律（见本节例三、例四）。律诗通常以五言和七言两种句式为主。

每首律诗都有四联，这四联依次称为首联、颔（hàn）联、颈联、尾联，一般来说颔联和颈联必须对仗。

律诗还要求押韵并合乎平仄规则。

小贴士

“颔”字的意思原指下巴。聪明的你能很快记住这四联的顺序吗？

诗话故事

秀才断句

从前有一个秀才家境贫寒，经常想方设法到处混饭吃。秀才有一个朋友家境富裕，每当这位朋友家快要吃饭的时候，秀才就会去“拜访”，并以各种借口让朋友留他吃饭。

有一天，秀才又去朋友家“拜访”，这时天下起雨来。朋友想让秀才离开，又不好意思直接开口，于是留了一张纸条，以为他读懂纸条上的意思就会离开。谁知朋友再回房间时发现秀才还在屋里，就问他为何还不走，听完秀才的解释后，朋友哭笑不得，原来纸条上写着：“下雨天留客天留人不留。”朋友的意思是：“下雨天留客，天留，人不留。”可是秀才将其断句为：“下雨天留客天，留人不？留！”秀才巧妙断句，给了自己合理的理由赖在朋友家吃饭。

迁移拓展

1. 本节例诗中的首联、颔联、颈联和尾联分别是哪些句子？
2. 本节例诗中有哪些句子是要求对仗的？

第三节　五绝、七绝

经典诵读

例一

梅　　花

（宋）王安石

墙角数枝梅，凌寒独自开。
遥知不是雪，为有暗香来。

例二

绝　　句

（唐）杜　甫

迟日江山丽，春风花草香。
泥融飞燕子，沙暖睡鸳鸯。

例三

夜雨寄北

（唐）李商隐

君问归期未有期，巴山夜雨涨秋池。
何当共剪西窗烛，却话巴山夜雨时。

例四

绝　　句

（唐）杜　甫

两个黄鹂鸣翠柳，一行白鹭上青天。
窗含西岭千秋雪，门泊东吴万里船。

格律知识

五绝、七绝

四句一首的绝句，只有两联，可以理解为律诗的一半。

五言绝句，简称五绝，共四句（见本节例一、例二）。五绝有的首句入韵，即第一句押韵（见本节例一），有的首句不入韵，即第一句不押韵（见本节例二）。

七言绝句，简称七绝，共四句（本节见例三、例四）。七绝有的首句入韵（见本节例三），有的首句不入韵（见本节例四）。

绝句可以对仗（见本节例二、例四），也可以不对仗（见本节例一、例三）。

诗话故事

苏小妹对诗

传说苏轼的妹妹苏小妹，从小读诗习文，是个聪慧有才的女子。有一次，苏轼、苏小妹和黄庭坚在一起评文论诗。苏小妹发问说：“有这么两句：‘轻风细柳，淡月梅花’，如果当中各嵌一字，该填什么字才恰当呢？”苏轼经过一番思索，提出了加“摇”、“映”两字，于是这两句便成了“轻风摇细柳，淡月映梅花”。黄庭坚提议改用“舞”和“隐”两字，即“轻风舞细柳，淡月隐梅花”。

没想到两次填字都遭到苏小妹的否定，两人便请苏小妹自己填字。苏小妹说：“前加‘扶’，后增‘失’，就成了‘轻风扶细柳，淡月失梅花’，淡雅，不俗。”苏轼和黄庭坚听了，不禁拍手叫好。

迁移拓展

从学过的七言绝句中找一首首句入韵的作品背给大家听。

第四节　小　　令

经典诵读

例一

渔　歌　子

（唐）张志和

西塞山前白鹭飞，桃花流水鳜鱼[1]肥。青箬笠，绿蓑衣，斜风细雨不须归。

【注释】

①鳜（guì）鱼：又叫桂鱼，味鲜美。

例二

如　梦　令

（宋）李清照

常记溪亭日暮，沉醉不知归路。兴尽晚回舟，误入藕花深处。争渡，争渡，惊起一滩鸥鹭。

例三

浣　溪　沙

（宋）晏　殊

一曲新词酒一杯，去年天气旧亭台。夕阳西下几时回？　　无可奈何花落去，似曾相识燕归来。小园香径独徘徊。

例四

清平乐·村居

（宋）辛弃疾

茅檐低小，溪上青青草。醉里吴音相媚好，白发谁家翁媪[①]？　　大儿锄豆溪东，中儿正织鸡笼。最喜小儿无赖，溪头卧剥莲蓬。

【注释】

①翁媪（ǎo）：翁指老头，媪指老太太，泛指老人。

格律知识

小　令

词由于长短形式不同，其分段形式也有不同，全词不分段的称为单调，由两段组成的称为双调（通常两段之间以两个空格相间隔），而长调由于字数多，还有分为三段、四段的，也称三叠、四叠。

词按照字数大致可分为三类：（1）小令；（2）中调；（3）长调。

小令字数在五十八字以内。本节例一、例二为单调小令，例三、例四为双调小令。

诗话故事

词牌的来历

填词一般是按照某种曲调的乐谱填制歌词。而曲调的名称如《沁园春》、《菩萨蛮》、《念奴娇》等就叫作词牌，也叫词调。

在唐宋时代，词牌名有许多来源，有的来自西域音乐，有的是乐工歌伎或词人自创。例如《菩萨蛮》词牌的由来，传说是由于唐大中初年，女蛮国进贡了一些美貌的女子，她们梳着高髻（jì），戴着金冠，满身璎珞（yīngluò），很像菩萨，因此教坊谱成了《菩萨蛮曲》。后人依这个曲子填的词很多，如辛弃疾的《菩萨蛮·书江西造口壁》等等。有的词牌是词人自创的，例如《渔歌子》，又名《渔父》，词调是由张志和创制的。有的词牌取自词中的几个字，例如《如梦令》，是由后唐庄宗李存勖（xù）创制的，因词中有“如梦，如梦”之词而定词牌名。

唐宋时期，填词的文人大都精通音律，像我们熟悉的柳永、李清照等人，都曾经自创了许多委婉、动听的曲调，他们的词作至今读来仍有荡气回肠、余音绕梁的音乐美。

迁移拓展

试背一首你知道的小令作品。

第五节 中 调

经典诵读

例一

南乡子·登京口北固亭有怀

（宋）辛弃疾

何处望神州？满眼风光北固楼。千古兴亡多少事，悠悠。不尽长江滚滚流。　年少万兜鍪[1]。坐断东南战未休。天下英雄谁敌手，曹刘。生子当如孙仲谋[2]。

【注释】

①兜鍪（móu）：原指头盔，这里指士兵。　②孙仲（zhòng）谋：孙权，字仲谋，建立吴国，史称孙吴。

例二

临 江 仙

（明）杨 慎

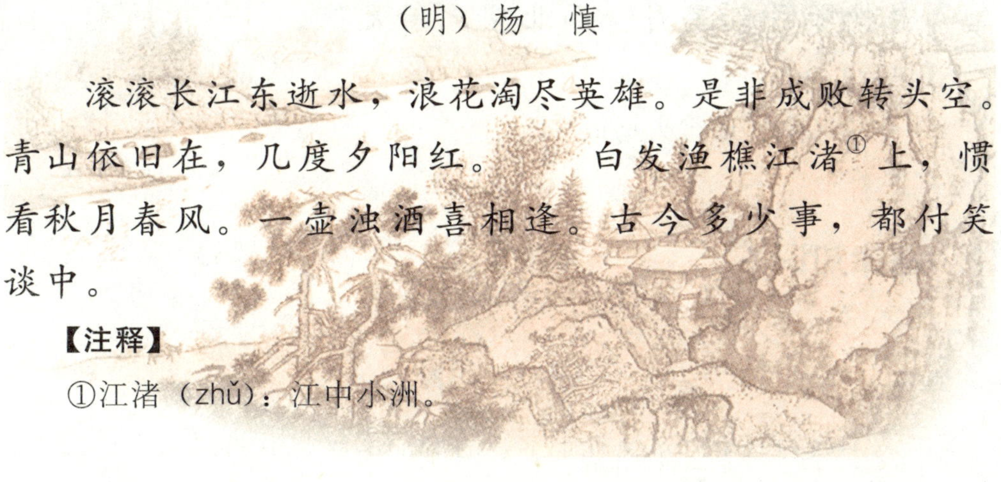

滚滚长江东逝水，浪花淘尽英雄。是非成败转头空。青山依旧在，几度夕阳红。　白发渔樵江渚[1]上，惯看秋月春风。一壶浊酒喜相逢。古今多少事，都付笑谈中。

【注释】

①江渚（zhǔ）：江中小洲。

例三

渔　家　傲

（宋）范仲淹

塞下秋来风景异，衡阳雁去无留意。四面边声连角起，千嶂[1]里，长烟落日孤城闭。　浊酒一杯家万里，燕然未勒归无计。羌管[2]悠悠霜满地，人不寐，将军白发征夫泪。

【注释】

①嶂（zhàng）：直立像屏障的山峰。　②羌（qiāng）管：羌笛。

例四

江城子·密州出猎

（宋）苏　轼

老夫聊发少年狂。左牵黄，右擎苍。锦帽貂裘，千骑[1]卷平冈。为报倾城随太守，亲射虎，看孙郎。　酒酣胸胆尚开张。鬓微霜，又何妨。持节云中，何日遣冯唐。会挽雕弓如满月，西北望，射天狼。

【注释】

①千骑（jì）：形容人马很多。

格律知识

中　　调

中调字数为五十九字至九十字，前例都是双调中调词。

小贴士

本节所举四首例词都是豪放派词的代表作。豪放派是宋词的一个流派，与婉约派并为宋词的两大派。豪放派词作风格豪迈奔放，意境雄浑壮阔，读来气势恢弘。豪放派多摄取军情、国事等重大题材入词，使词能像诗文一样反映生活。代表词人有苏轼、辛弃疾等。

诗话故事

七夕节

七夕，又名乞巧节，在农历七月初七庆祝。七夕节来自牛郎与织女的传说。古代女子每逢七夕，都会穿针乞巧，向织女献祭，祈求自己能够心灵手巧，获得美满的姻缘。这是中国传统节日中最具浪漫色彩的一个节日。

唐宋诗词中，吟咏七夕的诗篇比比皆是，仅《全唐诗》中就有近千首。如崔颢诗《七夕》：“长安城中月如练，家家此夜执针线。仙裙玉佩空自知，天上人间不相见。”祖咏同题诗：“闺女求天女，更阑意未阑。玉庭开粉席，罗袖捧金盘。向月穿针易，临风整线难。不知谁得巧，明旦试相看。”

迁移拓展

试听电视连续剧《三国演义》的片头主题曲《临江仙》（词作见本节例二），感受词的雄浑韵律，体会作者杨慎那种旷达、超脱、从容的人生态度。

第六节　长　　调

经典诵读

例一

水调歌头

（宋）苏　轼

明月几时有？把酒问青天。不知天上宫阙[1]，今夕是何年。我欲乘风归去，又恐琼楼玉宇，高处不胜寒。起舞弄清影，何似在人间！　　转朱阁，低绮户，照无眠。不应有恨，何事长向别时圆？人有悲欢离合，月有阴晴圆缺，此事古难全。但愿人长久，千里共婵娟。

【注释】

①宫阙（què）：古时帝王所居住的宫殿。

例二

兰陵王·柳

（宋）周邦彦

柳阴直，烟里丝丝弄碧。隋堤上，曾见几番，拂水飘绵送行色。登临望故国。谁识。京华倦客。长亭路，年去岁来，应折柔条过千尺。　　闲寻旧踪迹。又酒趁哀弦，灯照离席。梨花榆火催寒食。愁一箭风快，半篙波暖，回首迢递[1]便数驿[2]。望人在天北。　　凄恻[3]。

恨堆积。渐别浦萦回，津堠④岑寂⑤。斜阳冉冉春无极。念月榭⑥携手，露桥闻笛。沉思前事，似梦里，泪暗滴。

【注释】

①迢递（tiáodì）：遥远的样子。②驿（yì）：供传递公文的人中途休息、换马的地方。③凄恻（cè）：悲痛，哀伤。④津堠（hòu）：渡口上供瞭望用的土堡。⑤岑（cén）寂：寂静，冷清。⑥月榭（xiè）：赏月的台榭。

格律知识

长调

长调的字数为九十一字以上。长调有双调（见本节例一）、三叠（见本节例二）。

小贴士

《兰陵王·柳》是宋代婉约派的代表作。婉约派是中国宋词流派。婉约，即指婉转含蓄。其特点主要是内容侧重儿女风情，结构深细缜（zhěn）密，音律婉转和谐，语言圆润清丽，有一种柔婉之美。婉约派的代表人物有李煜（yù）、柳永、晏殊、欧阳修、秦观、周邦彦、李清照等。

诗话故事

李白骑鲸升天

李白是“诗仙”，又被称为“酒仙”。传说有一次李白醉酒后，登上了采石矶赏月吟诗，忽然看见江水中漂浮不定若隐若现的月影，误以为是月亮落入水中，于是他跳下江去捉月。刚落进江里，忽然一头巨鲸从江底飞起，载着李白升天而去，这就是著名的李白跳江捉月、骑鲸升天的传说。后来渔夫从江中捞到了李白的衣冠，在采石镇内立为衣冠冢，1972 年又迁葬采石矶上，即为著名的太白墓。

捉月骑鲸升天的传说赋予“诗仙”李白更加浪漫神秘的魅力。

迁移拓展

1. 查一查字数最多的是哪个词牌。

2. 试听歌曲《明月几时有》（词作见本节例一），感受词的韵律，体会作者苏轼旷达、乐观的人生态度以及他对生活的美好祝愿和无限热爱。

第二单元　押韵规则

第一节　韵的概念及格律诗的押韵

经典诵读

例一

渡荆门送别

（唐）李　白

渡远荆门外，来从楚国游。
山随平野尽，江入大荒流。
月下飞天镜，云生结海楼。
仍怜故乡水，万里送行舟。

例二

观　猎

（唐）王　维

风劲角弓鸣，将军猎渭城。
草枯鹰眼疾，雪尽马蹄轻。
忽过新丰市，还归细柳营。
回看射雕处，千里暮云平。

例三

西塞山怀古

（唐）刘禹锡

王濬①楼船下益州，金陵王气黯然收。
千寻铁锁沉江底，一片降幡②出石头。
人世几回伤往事，山形依旧枕寒流。
从今四海为家日，故垒萧萧芦荻③秋。

【注释】

①王濬（jùn）：西晋著名军事家。 ②降幡（fān）：表示投降的旗帜。 ③芦荻（dí）：又名芦竹，形如芦苇。

例四

阁　夜

（唐）杜　甫

岁暮阴阳催短景，天涯霜雪霁①寒宵。
五更鼓角声悲壮，三峡星河影动摇。
野哭千家闻战伐，夷歌数处起渔樵。
卧龙跃马终黄土，人事音书漫寂寥。

【注释】

①霁（jì）：雨雪停止，天放晴。

格律知识

韵的概念及格律诗的押韵

诗歌一般都要押韵，这一点格律诗表现得尤为突出。押韵，是构成诗词格律的一个重要元素，作用是使音调和谐优美。诗词中所说的“韵”，与现代汉语中所说的韵母紧密相关。

古人很早就把韵母相同或相近的字归并在一起，组成韵部，再把一个个的韵部集合在一起，就形成韵书，为诗人的创作提供方便。南宋时期，山西平水官员、金人王文郁编著了《平水新刊韵略》，将韵部简化为 106 韵，这就是后来广为流传的“平水韵”，我们称之为古韵。古人写格律诗严格依照韵书，从韵书规定的同韵字中选择韵脚字来押韵。当然，由于时代的发展，语言的流变，韵书也不是一成不变的。

中华诗词学会于 2005 年颁布了《中华新韵（十四韵）简表》，简称“新韵”。新韵的韵部划分以普通话为读音的基础，以《新华字典》的注音为读音的依据，将汉语拼音的 35 个韵母划分为 14 个韵部：a 麻、o 波、ie 皆、ai 开、ei 微、ao 豪、iu 尤、an 寒、en 文、ang 唐、eng 庚、i 齐、-i 支、u 姑。

律诗的押韵要求是要一韵到底而且必须押平声韵，不能押仄声韵。偶数句（第二、四、六、八句）必须押韵，首句可以押韵也可以不押韵，奇数句（第三、五、七句）不押韵。五律有的首句不押韵（见本节例一），有的首句押韵（见本节例二）；七律有的首句押韵（见本节例三），有的首句不押韵（见本节例四）。

绝句只有四句，绝句的押韵方法和律诗相同。

小贴士

《21 世纪中华诗词发展纲要》提出：“以普通话作基础，实行声韵改革。”这是从语言发展现状出发，深受广大群众欢迎的必要措施。对于初学者来说，就是提倡大家用普通话的新韵进行诗词创作。

诗话故事

琴台知音

古琴台又名伯牙台，位于武汉市汉阳龟山西麓、月湖东畔，是为纪念俞伯牙弹琴遇知音钟子期而修建的纪念性建筑。

相传春秋时期，晋国上大夫俞伯牙精通琴艺。一天，他坐在高山之上弹奏，路过的樵夫钟子期驻足倾听。俞伯牙原先内心对他有些不屑，心想一个樵夫怎么会懂得我的琴声。没想到钟子期完全听懂了他琴声中的感情，娓娓道出了自己的感受：“琴声慷慨激昂，先生志在高山；琴声清澈婉转，先生志在流水。”俞伯牙感慨万分，从此与钟子期成为知心好友。这就是后人所说的“高山流水遇知音”。

据说后来钟子期过世，俞伯牙割断琴弦，于祭石台上将琴摔断，有老者惊问：“先生为何摔此琴？”伯牙说：“摔破瑶琴凤尾寒，子期不在对谁弹？春风满面皆朋友，欲觅知音难上难。”

迁移拓展

1. 标出本节每首例诗中押韵的字，并注音，体会诗押韵的特点。
2. 诵读例诗，感受声韵之美。

第二节　词的押韵

经典诵读

例一

破阵子·为陈同甫赋壮词以寄之

（宋）辛弃疾

醉里挑灯看剑，梦回吹角连营。八百里分麾下炙①，五十弦翻塞外声。沙场秋点兵。　马作的卢②飞快，弓如霹雳弦惊。了却君王天下事，赢得生前身后名。可怜白发生！

【注释】

①分麾（huī）下炙（zhì）：分给部下烤肉。　②的卢（dìlú）：马名，奔跑的速度飞快。

例二

卜算子·黄州定慧院寓居作

（宋）苏　轼

缺月挂疏桐，漏断人初静。谁见幽人独往来，缥缈①孤鸿影。　惊起却回头，有恨无人省。拣尽寒枝不肯栖，寂寞沙洲冷。

【注释】

①缥缈（piāomiǎo）：隐隐约约，若有若无的样子。

例三

相　见　欢

（五代）李　煜

无言独上西楼，月如钩。寂寞梧桐深院锁清秋。　剪不断，理还乱，是离愁。别是一般滋味在心头。

例四

西江月·夜行黄沙道中

（宋）辛弃疾

明月别枝惊鹊，清风半夜鸣蝉。稻花香里说丰年，听取蛙声一片。　七八个星天外，两三点雨山前。旧时茅店社林边，路转溪桥忽见。

例五

虞　美　人

（五代）李　煜

春花秋月何时了？往事知多少。小楼昨夜又东风，故国不堪回首月明中。　雕栏玉砌应犹在，只是朱颜改。问君能有几多愁？恰似一江春水向东流。

例六

长　相　思

（唐）白居易

汴水①流，泗水②流，流到瓜洲古渡头，吴山点点愁。　　思悠悠，恨悠悠，恨到归时方始休，月明人倚楼。

【注释】

①汴（biàn）水：汴河。　②泗（sì）水：古为淮河的大支流。

格律知识

词的押韵

词的押韵方式比诗复杂，而且变化很多。常见的有以下五类：

1. 一首一韵。和近体诗的押韵方式相同，一韵到底，这在词中居大多数。但既可以押平韵（见本节例一），也可以押仄韵（见本节例二）。

2. 以一韵为主，也可间押其他韵。如本节例三，全词以“ou”的平韵为主，间押“an”的仄韵。

3. 同一韵部平韵仄韵通押。如本节例四，上下阕的前三句都押“an”的平韵，最后一句押“an”的仄韵。

4. 一首多韵。如本节例五，上阕押“ao”的仄韵和“ong”的平韵，下阕押“ai”的仄韵和“ong”的平韵。

5. 叠韵。如本节例六，重叠“流”字、“悠”字。

诗话故事

李煜的绝命词

《虞美人》是南唐后主李煜在被俘两年后写成的。相传李煜在七夕之夜命歌伎唱此词，宋太宗赵匡义知道这件事后，赐酒将他毒死，因此这首词堪称他的绝命词，也可以说是一曲生命的哀歌。“问君能有几多愁？恰似一江春水向东流。”这句是全词题眼，也是千古名句，广为流传。

作者通过对人生无常与自然永恒的强烈对比，抒发了亡国后顿感生命空落的悲哀。全词语言凝练、优美，以问起句，以答结句，由问天、问人而到自问，作者无法排遣的愁思贯穿全词，具有动人心魄的感染力。

迁移拓展

1. 标出本节每首例词中押韵的字并注音，体会词的押韵特点。

2. 试听歌曲《虞美人》（词作见本节例五），感受词的韵律之美，体会这首婉约派词表达的词人亡国后顿悟生命空落的悲哀之情。

第三单元　平仄规则

第一节　四声与平仄

格律知识

四声与平仄

汉字语音具有高、低、长、短的特点，古人把它概括为四声：平声、上（shǎng）声、去声、入声，可以称为“古四声”。现代汉语的四声称为“新四声”，即阴平（ˉ）、阳平（ˊ）、上声（ˇ）、去声（ˋ），也就是我们汉语拼音所说的第一声、第二声、第三声、第四声。

古代的四声与现代汉语的“新四声”有不同之处：古代的平声，包括了现代汉语的阴平和阳平（即第一声和第二声）；古代的入声字在普通话里则已分别归入了其他四声之中。

在古代，诗人词家把汉字区分四声，有意识地运用到诗词的创作上，按照字声的高低长短，协调搭配，逐渐形成了诗词的平仄规律，使诗句具有音乐美。我们学习格律诗，主要就是要掌握平仄。

所谓平仄，是古人对“古四声”的分类，“平”指的是平声，“仄”就是不平的意思，包括上声、去声和入声。

如果以“新四声”来分类，“平”是指阴平和阳平，即第一声和第二声；“仄”是指上声和去声，即第三声和第四声。

这里需要注意，由于入声字已经合并于“新四声”中，我们读古人的诗词，发现某字不合平仄时，应查一下它过去是不是入声字。

在以下的章节中，我们将用符号“—”表示平声字，“|”表示仄

声字，“+”表示可平可仄的字。

小贴士

随着时代的发展，人们的思想意识、语言习惯等都有了很大的变化，语音也不例外。我们所学的普通话，它本身的抑扬顿挫就构成了朗朗上口和富于韵律美的特点，初学者可以不拘于古音，而依据汉语拼音的新四声来创作诗词。

诗话故事

毛泽东与“白云黄鹤之乡”的诗缘

毛泽东曾多次来到武汉，在这“白云黄鹤之乡”数次畅游长江，登临黄鹤楼，并留下著名诗篇。

1927年，正值多事之秋，大革命处于低潮，整个国内面临着山雨欲来风满楼之势。毛泽东身在武汉，这位具有深厚中国传统文化修养的一代诗人兼革命家写下了壮丽的《菩萨蛮·黄鹤楼》：“茫茫九派流中国，沉沉一线穿南北。烟雨莽苍苍，龟蛇锁大江。　黄鹤知何去？剩有游人处。把酒酹（lèi）滔滔，心潮逐浪高！”表达了他对时代形势的深沉思考和殷切期待。

1956年6月毛泽东又来到了“白云黄鹤之乡”，于6月1日、3日、4日连续三次横渡长江。他一生酷爱游泳，1925年所作《沁园春·长沙》：“到中流击水，浪遏飞舟”便是诗人青年时代奋勇进取、劈波斩浪的精神写照。在这里，他写下了与上一次情景和心情完全不同的诗篇《水调歌头·游泳》：“才饮长沙水，又食武昌鱼。万里长江横渡，极目楚天舒。不管风吹浪打，胜似闲庭信步。今日得宽余。子在川上曰：逝者如斯夫！　风樯（qiáng）动，龟蛇静，起宏图。一桥飞架南北，天堑（qiàn）变通途。更立西江石壁，截断巫山云雨，高峡出平湖。神女应无恙，当惊世界殊。”

迁移拓展

读一读“星”、“形”、“醒”、“杏”四字，按“新四声”区分哪两个是平声字，哪两个是仄声字，并用符号“—”和“|”分别标出来。

第二节　五言诗句的平仄格式

经典诵读

例一

登鹳雀楼

（唐）王之涣

白日依山尽，黄河入海流。
欲穷千里目，更上一层楼。

例二

绝　句

（唐）杜　甫

迟日江山丽，春风花草香。
泥融飞燕子，沙暖睡鸳鸯。

例三

渡汉江

（唐）宋之问

岭外音书断，经冬复历春。
近乡情更怯，不敢问来人。

例四

逢雪宿芙蓉山主人

（唐）刘长卿

日暮苍山远，天寒白屋贫。
柴门闻犬吠，风雪夜归人。

例五

山 中 送 别

（唐）王　维

山中相送罢，日暮掩柴扉。
春草明年绿，王孙归不归。

格律知识

五言诗句的平仄格式

正　格	通用格
— — ｜ ｜ —（韵）	— — ＋ ｜ —（韵）
— — — ｜ ｜（句）	＋ — — ｜ ｜（句）
｜ ｜ ｜ — —（韵）	＋ ｜ ｜ — —（韵）
｜ ｜ — — ｜（句）	＋ ｜ ＋ — ｜（句）

在这里，正格是指最正规的平仄格式；通用格是指相对宽松但又不违背平仄规律的格式。

观察五言诗句的平仄格式不难看出，在同一个句子中，各个字之间的平仄，是交替变换的，而且，这种交替变换基本上是以两个“平”或两个“仄”为一个单位进行的，如“｜ ｜ — — ｜”。这是因为诗的音调节奏是以双音为单位的，这就是“本句平仄交替”的原则。

我们诵读汉语词汇时，节奏点一般都在第二个字上面。所以节奏点上的第二、四、六个字很严格，是平就是平，是仄就是仄，不能随意。这也可以说明，通用格可平可仄的字为什么只在第一、三个字的位置上出现。可平可仄体现了格律诗词的灵活性。

五言诗的常用格律都是由以上四种正格句型和四种通用格句型的组合变化所构成。（见本节五首例诗）

登鹳雀楼

（唐）王之涣

白日依山尽，黄河入海流。
欲穷千里目，更上一层楼。

｜｜——｜（句）　——｜｜—（韵）
+——｜｜（句）　｜｜｜——（韵）

注：“白”，古入声字，属仄声。

绝　句

（唐）杜　甫

迟日江山丽，春风花草香。
泥融飞燕子，沙暖睡鸳鸯。

+｜——｜（句）　——+｜—（韵）
———｜｜（句）　+｜｜——（韵）

渡 汉 江

（唐）宋之问

岭外音书断，经冬复历春。
近乡情更怯，不敢问来人。

｜｜——｜（句）　——｜｜—（韵）
＋——｜｜（句）　｜｜｜——（韵）

逢雪宿芙蓉山主人

（唐）刘长卿

日暮苍山远，天寒白屋贫。
柴门闻犬吠，风雪夜归人。

｜｜——｜（句）　——｜｜—（韵）
———｜｜（句）　＋｜｜——（韵）

注：“白”、“屋”，古入声字，属仄声。

山 中 送 别

（唐）王　维

山中相送罢，日暮掩柴扉。
春草明年绿，王孙归不归。

———｜｜（句）　｜｜｜——（韵）
＋｜——｜（句）　——＋｜—（韵）

诗话故事

“狗仔花”的故事

位于海南岛儋州市中和镇的东坡书院是全国重点文物保护单位，是为纪念北宋大文豪苏东坡而建，是海南重要的人文胜迹之一。

东坡书院里有一种很特别的“狗仔花”，它花蕊的形状就如同五条小狗团团围坐，非常有趣。关于此花，当地民间流传着一个很有意思的故事。相传王安石曾就“狗仔花”写过两句诗：“明月当空叫，五犬卧花心。”苏东坡看见了，认为写得不符合现实，便给改成：“明月当空照，五犬卧花阴。”王安石知道了此事，就嘲笑苏东坡见闻不广。

后来苏东坡被贬到儋州，亲眼看到了“狗仔花”和“明月鸟”，才恍然大悟，原来自己当年是错改了王安石的诗。

迁移拓展

请以学过的一首五言绝句为例，参考以上五言诗句的格式表，试着写出它的平仄格式。

第三节　七言诗句的平仄格式

经典诵读

例一

咏　　柳

（唐）贺知章

碧玉妆成一树高，万条垂下绿丝绦。
不知细叶谁裁出，二月春风似剪刀。

例二

望庐山瀑布

（唐）李　白

日照香炉生紫烟，遥看瀑布挂前川。
飞流直下三千尺，疑是银河落九天。

例三

山　　行

（唐）杜　牧

远上寒山石径斜，白云生处有人家。
停车坐爱枫林晚，霜叶红于二月花。

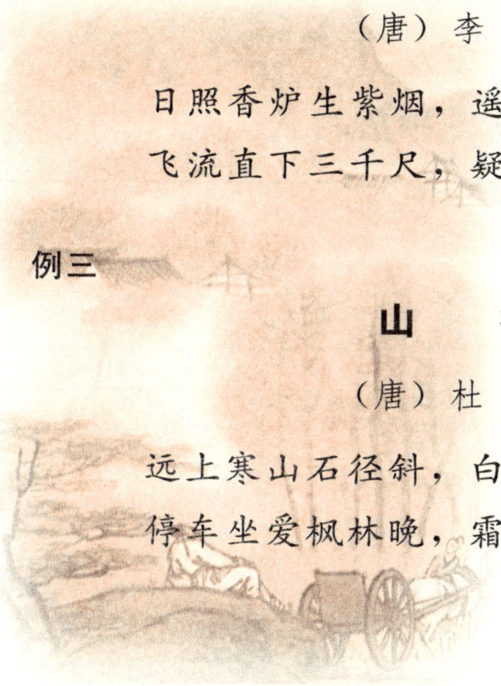

例四

寄扬州韩绰判官

（唐）杜　牧

青山隐隐水迢迢，秋尽江南草未凋。
二十四桥明月夜，玉人何处教吹箫。

例五

游园不值

（宋）叶绍翁

应怜屐齿印苍苔，小扣柴扉久不开。
春色满园关不住，一枝红杏出墙来。

格律知识

七言诗句的平仄格式

正　格	通用格
丨丨——丨丨—（韵）	+丨——+丨—（韵）
丨丨———丨丨（句）	+丨+——丨丨（句）
——丨丨丨——（韵）	+—+丨丨——（韵）
——丨丨——丨（句）	+—+丨+—丨（句）

在这里，“正格”是指最正规的平仄格式；“通用格”是指相对宽松但又不违背平仄规律的格式。

观察七言诗句的平仄格式不难看出，和五言诗句一样，在同一个句子中，各个字之间的平仄，是交替变换的，而且，这种交替变换基本上是以两个“平”或两个“仄”为一个单位进行的，如“丨丨——丨丨—”。这是因为诗的音调节奏是以双音为单位的，这就是“本句平仄交替”的原则。

我们诵读汉语词汇时，节奏点一般都在第二个字上面。所以节奏点上的第二、四、六个字很严格，是平就是平，是仄就是仄，不能随意。这也可以说明，通用格可平可仄的字为什么只在第一、三、五个字的位置上出现。可平可仄体现了格律诗词的灵活性。

七言格律诗的常用格律都是以上四种正格句型和四种通用格句型的组合变化所构成。（见本节五首例诗）

咏　柳

（唐）贺知章

碧玉妆成一树高，万条垂下绿丝绦。
不知细叶谁裁出，二月春风似剪刀。

｜｜——｜｜—（韵）　　＋—＋｜｜——（韵）
＋—｜｜——｜（句）　　｜｜——｜｜—（韵）

注：“一”、“出”，古入声字，属仄声。

望庐山瀑布

（唐）李　白

日照香炉生紫烟，遥看瀑布挂前川。
飞流直下三千尺，疑是银河落九天。

｜｜——＋｜—（韵）　　——｜｜｜——（韵）
——｜｜——｜（句）　　＋｜——｜｜—（韵）

注：“直”，古入声字，属仄声。

山　行

（唐）杜　牧

远上寒山石径斜，白云生处有人家。
停车坐爱枫林晚，霜叶红于二月花。

｜｜——｜｜—（韵）　　＋—＋｜｜——（韵）

——｜｜——｜（句）　　＋｜——｜｜—（韵）

注："石"、"自"，古入声字，属仄声。

寄扬州韩绰判官

（唐）杜　牧

青山隐隐水迢迢，秋尽江南草未凋。

二十四桥明月夜，玉人何处教吹箫。

——｜｜｜——（韵）　　＋｜——｜｜—（韵）

｜｜＋——｜｜（句）　　＋—＋｜｜——（韵）

游园不值

（宋）叶绍翁

应怜屐齿印苍苔，小扣柴扉久不开。

春色满园关不住，一枝红杏出墙来。

——｜｜｜——（韵）　　｜｜——｜｜—（韵）

＋｜＋——｜｜（句）　　＋—＋｜｜——（韵）

注："屐"、"出"，古入声字，属仄声。

诗话故事

谭嗣同的绝命诗

"望门投止思张俭，忍死须臾待杜根。我自横刀向天笑，去留肝胆两昆仑!"这是谭嗣同就义前题在狱中壁上的绝命诗。

1898年6月11日，光绪皇帝颁布"明定国是"诏书，宣布变法。1898年9月21日，慈禧太后就发动政变，囚禁光绪皇帝并开始大肆搜捕和屠杀维新派人物。谭嗣同当时拒绝了别人请他逃走的劝告，决心一死，用以身殉法来唤醒和警策国人。他说："各国变法，无不从流血而成，今中国未闻有因变法而流血者，此国之所以不昌也。有之，请自嗣同始。"

诗的前两句表达的意思是：一些人"望门投止"地匆忙避难，使人想起高风亮节的张俭；一些人"忍死须臾"地自愿留下，并不畏一死，为的是有更多的人能如高风亮节的杜根那样，坚贞不屈地效命于朝廷的兴亡大业。诗的后两句意思是：而我呢，自己选择赴死，慷慨仰笑苍天，傲然刑场！而留下的，将是那如莽莽昆仑一样的浩然肝胆之气！

迁移拓展

以学过的一首七绝为例，参考以上七言诗句的格式表，试着写出它的平仄格式。

第四节　词　　谱

经典诵读

例一

忆　江　南

（唐）白居易

江南好，风景旧曾谙①。日出江花红胜火，春来江水绿如蓝。能不忆江南？

【注释】

①谙（ān）：熟悉。

忆　江　南

（唐）刘禹锡

春去也，多谢洛城人。弱柳从风疑举袂①，从兰裛露②似沾巾。独坐亦含颦③。

【注释】

①袂（mèi）：衣袖。　②裛（yì）露：沾带露水。　③含颦（pín）：皱眉，形容哀愁。

例二

卜算子·咏梅

（宋）陆　游

驿外断桥边，寂寞开无主。已是黄昏独自愁，更著风和雨。　　无意苦争春，一任群芳妒。零落成泥碾作尘，只有香如故。

卜算子·咏梅

毛泽东

风雨送春归，飞雪迎春到。已是悬崖百丈冰，犹有花枝俏。　　俏也不争春，只把春来报。待到山花烂漫时，她在丛中笑。

格律知识

词　谱

词的格式和格律诗的格式不同：格律诗只有四种格式，而词则总共有一千多个格式，这些格式称为词谱。人们为了便于记忆和使用，给它们起了一些名字，这些名字就是词牌，如《临江仙》、《忆江南》、《沁园春》等。依照词谱所规定的字数、平仄以及其他要求来写词，叫做填词。

如例一，《忆江南》（单调，平韵，二十七字，又名《望江南》、《江南好》）

—＋|（句）＋||——（韵）＋|＋——||（句）＋—＋||——（韵）＋||——（韵）

如例二，《卜算子》（双调，仄韵，四十四字，又名《百尺楼》、《眉峰碧》、《楚天遥》等）

＋||——（句）＋|——|（韵）＋|＋—＋|—（句）＋|——|（韵）　＋||——（句）＋|＋—|（韵）＋|＋—＋|—（句）＋|——|（韵）

诗话故事

“铜琶铁板”的由来

北宋时期，有一次苏轼带着他的随从们外出郊游，他观赏着山崖的金鸡菊，随从们则在一旁高唱苏轼的歌词，意趣盎然。苏轼乘兴问他们自己与柳永的词有什么不同。随从说：“柳郎中的词只可借十七岁的女孩子，让她们执红牙拍板唱‘杨柳岸晓风残月’，而您的歌词得请关西大汉持铁板唱‘大江东去’。”后来人们用“铜琶铁板”形容气概豪放激越的文辞。

迁移拓展

选择一种小令词谱，填写一首小词，注意主题明确，语言自然、流畅。填好后试着自己修改或请老师帮忙修改。

第四单元　“粘对”规则

第一节　“粘对”的概念

经典诵读

例一

酬乐天扬州初逢席上见赠

（唐）刘禹锡

巴山楚水凄凉地，二十三年弃置身。
怀旧空吟闻笛赋，到乡翻似烂柯人。
沉舟侧畔千帆过，病树前头万木春。
今日听君歌一曲，暂凭杯酒长精神。

例二

望天门山

（唐）李　白

天门中断楚江开，碧水东流至此回。
两岸青山相对出，孤帆一片日边来。

“粘对”的概念

我们已经了解了律诗分四联，即首联、颔联、颈联和尾联，知道了每一联有出句和对句。下面来看唐代刘禹锡的《酬乐天扬州初逢席上见赠》（见本节例一），它是七律平起不入韵式：

——｜｜——｜（句），｜｜——｜｜—（韵）。
＋｜———｜｜（句），＋—＋｜｜——（韵）。
——｜｜——｜（句），｜｜——｜｜—（韵）。
＋｜＋——｜｜（句），＋—＋｜｜——（韵）。

仔细研究这首七律的格式，可以看出以下关系：

一、同一联中出句与对句的平仄关系——同联相对

在同一联中，出句和对句的平仄是相反的，即平对仄，仄对平，这就是诗律中所说的“对”。如例诗的颈联“——｜｜——｜（句），｜｜——｜｜—（韵）”，出句前两个字是平声字，对句前两个字就是仄声字；出句第三、四个字为仄声字，对句第三、四个字就是平声字，依此类推。如果不按照“对”的规则两两相对，则为诗病，称为“失对”。当然，可平可仄的那些地方（主要是第一、三个字），是不算“失对”的。

二、相邻两联的平仄关系——邻联相粘

律诗的四联八句中，后联出句第二个字的平仄要跟前联对句第二个字的平仄一致，具体说，就是相邻的两句诗即第三句和第二句、第五句和第四句、第七句和第六句中第二个字的平仄是一致的，平牵平，仄牵仄，这就叫“粘”（如下图所示）。正是这样联联相粘，使得格律诗的音韵起伏回环，构成和谐统一的整体。如果不遵守这个规律，就是“失粘”。“失粘”是格律诗很忌讳的毛病。

——｜｜——｜（句），｜｜——｜｜—（韵）。

+｜———｜｜（句），+—+｜｜——（韵）。

——｜｜——｜（句），｜｜——｜｜—（韵）。

+｜+——｜｜（句），+—+｜｜——（韵）。

以上是用律诗为例说明“粘对”的规则，对于四句的绝句（见本节例二），只要把四句看成两联，同样遵循“粘与对”的“同联相对、邻联相粘”的规则，即遵守同联的第二句与第一句相对，第四句与第三句相对，邻联的第三句与第二句相粘就行了。如例二的平仄格式就是：“——+｜｜——（韵），｜｜——｜｜—（韵）。｜｜———｜｜（句），——｜｜｜——（韵）。”（“出”是古入声字，属仄声）

小贴士

“粘与对”的规则，为什么都强调第二个字的平仄呢？这是因为，诗的音调节奏是以双音为单位的，我们诵读汉语词汇时，节奏点一般都在第二个字上面。所以节奏点上的第二、四、六个字很严格，是平就是平，是仄就是仄，不能随意。“粘与对”所要求的平仄关系的相同与相对，对于七言诗句来说，主要指的是第二个字、第四个字和第六个字；对于五言诗句来说，主要指的是第二个字和第四个字。

诗话故事

“牛人”蒋冕

蒋冕，官至首辅内阁大学士。他生性聪明，才气过人，从小便被人称为神童。他是个孝子，极重情义。当官后，他曾经写过一首诗寄到云南河西外祖家：“通海城西我母家，少年骑竹绕庭花。依稀记得曾游处，芳草垂杨路不差。”

明朝嘉靖年间，太傅蒋冕告老还乡回到全州。朝廷几次征聘他，他却三年迟迟不去。皇上于是颁诗一首："闻说江南一老牛，征书聘下已三秋。主人有甚相亏汝，几度加鞭不转头。"

蒋冕称病，不肯出仕，回诗道："老牛用力已多年，领破皮穿只爱眠。犁耙（bà）已休春雨足，主人何苦又加鞭。"

迁移拓展

以本书第二单元第一节例诗的一首为例，说一说四联的"粘对"关系。

第二节　五绝的诗谱

经典诵读

例一

山　中

（唐）王　勃

长江悲已滞[1]，万里念将归。
况属高秋晚，山中黄叶飞。

【注释】

①滞（zhì）：凝积，停滞。

例二

闺人赠远（其一）

（唐）王　维

花明绮陌春，柳拂御沟新。
为报辽阳客，流光不待人。

例三

风

（唐）李　峤

解落三秋叶，能开二月花。
过江千尺浪，入竹万竿斜。

例四

塞 下 曲

（唐）卢 纶

月黑雁飞高，单于夜遁逃。

欲将轻骑逐，大雪满弓刀。

格律知识

五绝的诗谱

根据首句起声的平仄（主要是指首句第二个字的平仄）以及首句句脚是否押韵，可以将五绝分为“首句平起入韵式”和“首句平起不入韵式”以及“首句仄起入韵式”和“首句仄起不入韵式”四种形式。

一、五绝（首句平起式）

第一联（首联）	第二联（尾联）
＋——｜｜（句）＋｜｜——（韵） 首句平起不入韵式 ——＋｜—（韵）＋｜｜——（韵） 首句平起入韵式	＋｜＋—｜（句）——＋｜—（韵）

1. 五绝（首句平起不入韵式）

山 中

（唐）王 勃

长江悲已滞，万里念将归。

况属高秋晚，山中黄叶飞。

＋——｜｜（句） ＋｜｜——（韵）

＋｜＋－｜（句）　　－－＋｜－（韵）

2. 五绝（首句平起入韵式）

闺人赠远（其一）

（唐）王　维

花明绮陌春，柳拂御沟新。

为报辽阳客，流光不待人。

－－＋｜－（韵）　　＋｜｜－－（韵）

＋｜＋－｜（句）　　－－＋｜－（韵）

注：“拂”为古入声字，属仄声。

二、五绝（首句仄起式）

第一联（首联）	第二联（尾联）
＋｜＋－｜（句）－－＋｜－（韵） 首句仄起不入韵式 ＋｜｜－－（韵）－－＋｜－（韵） 首句仄起入韵式	＋－－｜｜（句）＋｜｜－－（韵）

1. 五绝（首句仄起不入韵式）

风

（唐）李　峤

解落三秋叶，能开二月花。

过江千尺浪，入竹万竿斜。

＋｜＋－｜（句）　　－－＋｜－（韵）

＋－－｜｜（句）　　＋｜｜－－（韵）

注：“竹”为古入声字，属仄声。

2. 五绝（首句仄起入韵式）

塞　下　曲

（唐）卢　纶

月黑雁飞高，单于夜遁逃。

欲将轻骑逐，大雪满弓刀。

＋｜｜——（韵）　　——＋｜—（韵）

＋——｜｜（句）　　＋｜｜——（韵）

注：“黑”、“逐”为古入声字，属仄声。

诗话故事

苏轼与湖北黄州的故事

苏轼，字子瞻，号东坡居士，四川眉山人，与其父苏洵、其弟苏辙并称“三苏”。因为“乌台诗案”苏轼被贬谪（zhé）黄州，任团练副使。

贬谪生活是极为悲苦的，对诗人精神的打击也是很大的，但苏轼却显得那么从容、旷达。在黄州四年，苏轼留下了举世闻名的一词二赋，词为《念奴娇·赤壁怀古》，赋为《前赤壁赋》和《后赤壁赋》。这些优秀的诗词影响力巨大，以至于后人竟把他的名字和赤壁连在了一起，而历史上那场著名战役的真正发生地，反而渐渐淡出了后人的记忆。南宋时期，已经有人将苏轼与赤壁连在一起，唤作“东坡赤壁”；清康熙末年重修赤壁时，时任黄州知府的郭朝祚（zuò）就题门额为“东坡赤壁”。坐落在长江北岸的古赤壁现在已经建为公园，公园里立着苏东坡的雕像，高大的大理石基座上，一代文豪衣袂飘飘，凝望着不远处的长江。

苏轼历经苦难而始终不失真率旷达之心，始终向权贵高昂起不屈的头颅。他的诗词，能让人们跳出自身与所处时代的局限，获得和自然相通的精神力量，从而焕发人性的真、善、美，获得精神的诗意和自由。

迁移拓展

1. 以本书第一单元第三节的两首五绝为例，写出它们的平仄格式。

2. 选择一种格式，试着写一首五绝，注意主题明确，语言自然、流畅，写好后可以请老师帮忙修改。

第三节　五律的诗谱

经典诵读

例一

山居秋暝

（唐）王　维

空山新雨后，天气晚来秋。
明月松间照，清泉石上流。
竹喧归浣女①，莲动下渔舟。
随意春芳歇，王孙自可留。

【注释】

①浣（huàn）女：洗衣服的姑娘。

例二

晚　　晴

（唐）李商隐

深居俯夹城，春去夏犹清。
天意怜幽草，人间重晚晴。
并添高阁迥①，微注小窗明。
越鸟巢干后，归飞体更轻。

【注释】

①迥（jiǒng）：远。

例三

春　望

（唐）杜　甫

国破山河在，城春草木深。
感时花溅泪，恨别鸟惊心。
烽火连三月，家书抵万金。
白头搔更短，浑欲不胜簪①。

【注释】

①簪（zān）：绾住头发的一种首饰。

例四

终　南　山

（唐）王　维

太乙近天都，连山到海隅①。
白云回望合，青霭入看无。
分野中峰变，阴晴众壑②殊。
欲投人处宿，隔水问樵夫。

【注释】

①海隅（yú）：海角，海边。　②壑（hè）：坑谷，深沟。

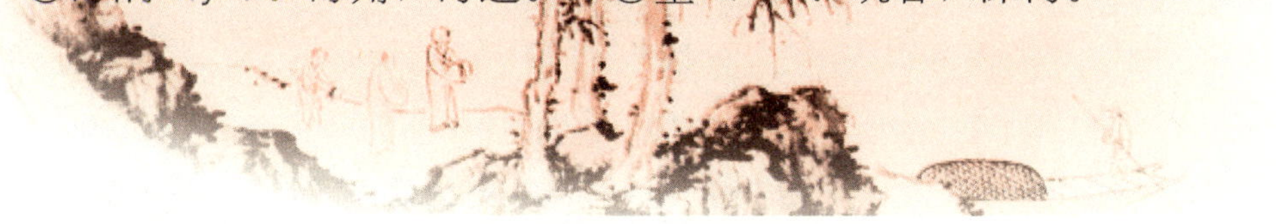

格律知识

五律的诗谱

一、五律（首句平起式）

第一联（首联）	第二联（颔联）
＋——｜｜（句）＋｜｜——（韵） 首句平起不入韵式 ——＋｜—（韵）＋｜｜——（韵） 首句平起入韵式	＋｜＋—｜（句）——＋｜—（韵）
第三联（颈联）	**第四联（尾联）**
＋——｜｜（句）＋｜｜——（韵）	＋｜＋—｜（句）——＋｜—（韵）

1. 五律（首句平起不入韵式）

山居秋暝

（唐）王　维

空山新雨后，天气晚来秋。
明月松间照，清泉石上流。
竹喧归浣女，莲动下渔舟。
随意春芳歇，王孙自可留。

＋——｜｜（句）　＋｜｜——（韵）
＋｜＋—｜（句）　——＋｜—（韵）
＋——｜｜（句）　＋｜｜——（韵）
＋｜＋—｜（句）　——＋｜—（韵）

注：“竹”、“石”、“歇”都是古入声字，属仄声。

2. 五律（首句平起入韵式）

晚　晴

（唐）李商隐

深居俯夹城，春去夏犹清。

天意怜幽草，人间重晚晴。
并添高阁迥，微注小窗明。
越鸟巢干后，归飞体更轻。

——+｜—（韵）　　+｜｜——（韵）
+｜+—｜（句）　　——+｜—（韵）
+——｜｜（句）　　+｜｜——（韵）
+｜+—｜（句）　　——+｜—（韵）

注：“夹”、“阁”都是古入声字，属仄声。

二、五律（首句仄起式）

第一联（首联）	第二联（颔联）
+｜+—｜（句）——+｜—（韵） 首句仄起不入韵式 +｜｜——（韵）——+｜—（韵） 首句仄起入韵式	+——｜｜（句）+｜｜——（韵）
第三联（颈联）	第四联（尾联）
+｜+—｜（句）——+｜—（韵）	+——｜｜（句）+｜｜——（韵）

1. 五律（首句仄起不入韵式）

春　望

（唐）杜　甫

国破山河在，城春草木深。
感时花溅泪，恨别鸟惊心。
烽火连三月，家书抵万金。
白头搔更短，浑欲不胜簪。

+｜+—｜（句）　　——+｜—（韵）
+——｜｜（句）　　+｜｜——（韵）
+｜+—｜（句）　　——+｜—（韵）
+——｜｜（句）　　+｜｜——（韵）

注：“国”、“别”都是古入声字，属仄声。

2. 五律（首句仄起入韵式）

终　南　山

（唐）王　维

太乙近天都，连山到海隅。
白云回望合，青霭入看无。
分野中峰变，阴晴众壑殊。
欲投人处宿，隔水问樵夫。

＋｜｜——（韵）	——＋｜—（韵）
＋——｜｜（句）	＋｜｜——（韵）
＋｜＋—｜（句）	——＋｜—（韵）
＋——｜｜（句）	＋｜｜——（韵）

注：“合”、“隔”均为古入声字，属仄声。

诗话故事

有趣的“罗锅诗”

刘墉与纪昀、和珅并称为乾隆朝三大中堂，是历史上的一位传奇人物，他满腹经纶、能言善辩。

有一次，刘墉去拜见皇上。皇上开玩笑，说：“刘爱卿，你这么一跪，弯腰驼背，这不成罗锅了吗?”刘墉说：“谢主隆恩。”皇上说：“你谢什么?”刘墉说：“谢万岁封我罗锅二字。”皇上说：“封你罗锅二字，有什么好处?”刘墉说：“按照大清国的规矩，皇上封大臣一个字，一年多给一万两俸银，今封臣罗锅二字，臣每年多收两万两银子。”皇上说：“我是开个玩笑。”刘墉说：“君无戏言，岂能说了不算?”皇上想：这个玩笑开得吃了亏，便想挖苦一下刘墉，就当场作了一首“罗锅诗”：“人生残疾是前缘，口在胸膛耳垂肩。仰面难得观日月，侧身才可见青天。卧似心字缺三点，立如弯弓少一弦。死后装殓省棺椁，笼屉之内即长眠!”

刘墉听了，心想：你这皇上可把我作弄苦啦，让我死后用笼屉当棺材。他灵机一动，马上也作了一首“罗锅诗”来回敬皇上，他这八句是：“驼生脊峰可存粮，人长驼背智谋广。文韬伴君定国策，武略戍边保家邦。臣虽不才知恩遇，诚蒙万岁赐封赏。别看罗锅字不多，每年得银两万两!”

迁移拓展

1. 试着写出本书第一单元第二节中两首五律的平仄格式。
2. 和同学玩一玩名句接龙的游戏。

第四节　七绝的诗谱

经典诵读

例一

大林寺桃花

（唐）白居易

人间四月芳菲尽，山寺桃花始盛开。
长恨春归无觅处，不知转入此中来。

例二

望天门山

（唐）李　白

天门中断楚江开，碧水东流至此回。
两岸青山相对出，孤帆一片日边来。

例三

九月九日忆山东兄弟

（唐）王　维

独在异乡为异客，每逢佳节倍思亲。
遥知兄弟登高处，遍插茱萸少一人。

例四

春　日

（宋）朱　熹

胜日寻芳泗水滨，无边光景一时新。
等闲识得东风面，万紫千红总是春。

格律知识

七绝的诗谱

一、七绝（首句平起式）

第一联（首联）	第二联（尾联）
＋－＋丨＋－丨（句）＋丨－－＋丨－（韵） 首句平起不入韵式 ＋－＋丨丨－－（韵）＋丨－－＋丨－（韵） 首句平起入韵式	＋丨＋－－丨丨（句）＋－＋丨丨－－（韵）

1. 七绝（首句平起不入韵式）

大林寺桃花

（唐）白居易

人间四月芳菲尽，山寺桃花始盛开。
长恨春归无觅处，不知转入此中来。

＋－＋丨＋－丨（句）　＋丨－－＋丨－（韵）
＋丨＋－－丨丨（句）　＋－＋丨丨－－（韵）

2. 七绝（首句平起入韵式）

望天门山

（唐）李　白

天门中断楚江开，碧水东流至此回。

两岸青山相对出，孤帆一片日边来。

＋－＋｜｜－－（韵）　＋｜－－＋｜－（韵）
＋｜＋－－｜｜（句）　＋－＋｜｜－－（韵）

注：“出”为古入声字，属仄声。

二、七绝（首句仄起式）

第一联（首联）	第二联（尾联）
＋｜＋－－｜｜（句）＋－＋｜｜－－（韵） 首句仄起不入韵式 ＋｜－－＋｜－（韵）＋－＋｜｜－－（韵） 首句仄起入韵式	＋－＋｜＋－｜（句）＋｜－－＋｜－（韵）

1. 七绝（首句仄起不入韵式）

九月九日忆山东兄弟

（唐）王　维

独在异乡为异客，每逢佳节倍思亲。
遥知兄弟登高处，遍插茱萸少一人。

＋｜＋－－｜｜（句）　＋－＋｜｜－－（韵）
＋－＋｜＋－｜（句）　＋｜－－＋｜－（韵）

注：“独”、“节”、“插”均为古入声字，属仄声。

2. 七绝（首句仄起入韵式）

春　日

（宋）朱　熹

胜日寻芳泗水滨，无边光景一时新。
等闲识得东风面，万紫千红总是春。

＋｜－－＋｜－（韵）　＋－＋｜｜－－（韵）
＋－＋｜＋－｜（句）　＋｜－－＋｜－（韵）

注：“识”、“得”为古入声字，属仄声。

诗话故事

毛泽东为女民兵题照

《七绝·为女民兵题照》一诗是毛泽东写给已参加民兵的女机要员小李的。1960年的一天，毛泽东的女机要员小李送文件到菊香书屋。这时，正站在窗前沉思的毛泽东忽然问她："小李，你参加民兵了吗？"小李回答："参加啦，去年国庆，我还参加了民兵方阵游行呢！"她说着，从随身带的笔记本里取出一张参加民兵训练时拍的照片向毛泽东递过去，以证明自己确实是个民兵。毛泽东高兴地看着照片说："好英武的模样。"他放下照片，点燃一支烟，两眼望着窗外，似乎在沉思。过了一会儿，他对小李说："给我拿支笔来。"

小李递过一支铅笔，毛泽东顺手拿过一本小册子，翻到有半页空白的地方，很快写下几行字说："小鬼，我把这首诗送给你。"小李又惊又喜，忙上前拿起那本小册子，看主席送给她的诗："飒爽英姿五尺枪，曙光初照演兵场。中华儿女多奇志，不重红装重武装。"毛泽东还鼓励她说："你们年轻人就是要有志气，不要学林黛玉，要学花木兰、穆桂英！"

后来，这首诗公开发表时，毛泽东将最后一句中的两个"重"字改成了"爱"字，鼓舞了一批又一批中华好儿女。

迁移拓展

1. 以本书第一单元第三节的两首七绝为例，写出它们的平仄格式。

2. 选择一种格式，试着写一首七绝，注意主题明确，语言自然、流畅，写好后可以请老师帮忙修改。

第五节　七律的诗谱

经典诵读

例一

客　至

（唐）杜　甫

舍南舍北皆春水，但见群鸥日日来。
花径不曾缘客扫，蓬门今始为君开。
盘餐市远无兼味，樽酒家贫只旧醅。
肯与邻翁相对饮，隔篱呼取尽余杯。

例二

江　村

（唐）杜　甫

清江一曲抱村流，长夏江村事事幽。
自去自来堂上燕，相亲相近水中鸥。
老妻画纸为棋局，稚子敲针作钓钩。
多病所须唯药物，微躯此外更何求。

例三

闻官军收河南河北

（唐）杜　甫

剑外忽传收蓟北，初闻涕泪满衣裳。
却看妻子愁何在，漫卷诗书喜欲狂。
白日放歌须纵酒，青春作伴好还乡。
即从巴峡穿巫峡，便下襄阳向洛阳。

例四

无　题

（唐）李商隐

相见时难别亦难，东风无力百花残。
春蚕到死丝方尽，蜡炬成灰泪始干。
晓镜但愁云鬓改，夜吟应觉月光寒。
蓬山此去无多路，青鸟殷勤为探看。

格律知识

七律的诗谱

一、七律（首句平起式）

第一联（首联）	第二联（颔联）
＋－＋丨＋－丨（句）＋丨－－＋丨－（韵） 首句平起不入韵式 ＋－＋丨丨－－（韵）＋丨－－＋丨－（韵） 首句平起入韵式	＋丨＋－－丨丨（句）＋－＋丨丨－－（韵）
第三联（颈联）	第四联（尾联）
＋－＋丨＋－丨（句）＋丨－－＋丨－（韵）	＋丨＋－－丨丨（句）＋－＋丨丨－－（韵）

1. 七律（首句平起不入韵式）

客　至

（唐）杜　甫

舍南舍北皆春水，但见群鸥日日来。
花径不曾缘客扫，蓬门今始为君开。
盘餐市远无兼味，樽酒家贫只旧醅。
肯与邻翁相对饮，隔篱呼取尽余杯。

＋－＋丨＋－丨（句）　＋丨－－＋丨－（韵）
＋丨＋－－丨丨（句）　＋－＋丨丨－－（韵）
＋－＋丨＋－丨（句）　＋丨－－＋丨－（韵）
＋丨＋－－丨丨（句）　＋－＋丨丨－－（韵）

2. 七律（首句平起入韵式）

江　村

（唐）杜　甫

清江一曲抱村流，长夏江村事事幽。
自去自来堂上燕，相亲相近水中鸥。

老妻画纸为棋局，稚子敲针作钓钩。
多病所须唯药物，微躯此外更何求。

＋—＋｜｜——（韵）　　＋｜——＋｜—（韵）
＋｜＋——｜｜（句）　　＋—＋｜｜——（韵）
＋—＋｜＋—｜（句）　　＋｜——＋｜—（韵）
＋｜＋——｜｜（句）　　＋—＋｜｜——（韵）

注："局"为古入声字，属仄声。

二、七律（首句仄起式）

第一联（首联）	第二联（颔联）
＋｜＋——｜｜（句）＋—＋｜｜——（韵） 首句仄起不入韵式 ＋｜——＋｜—（韵）＋—＋｜｜——（韵） 首句仄起入韵式	＋—＋｜＋—｜（句）＋｜——＋｜—（韵）
第三联（颈联）	第四联（尾联）
＋｜＋——｜｜（句）＋—＋｜｜——（韵）	＋—＋｜＋—｜（句）＋｜——＋｜—（韵）

1. 七律（首句仄起不入韵式）

闻官军收河南河北

（唐）杜　甫

剑外忽传收蓟北，初闻涕泪满衣裳。
却看妻子愁何在，漫卷诗书喜欲狂。
白日放歌须纵酒，青春作伴好还乡。
即从巴峡穿巫峡，便下襄阳向洛阳。

＋｜＋——｜｜（句）　　＋—＋｜｜——（韵）
＋—＋｜＋—｜（句）　　＋｜——＋｜—（韵）
＋｜＋——｜｜（句）　　＋—＋｜｜——（韵）
＋—＋｜＋—｜（句）　　＋｜——＋｜—（韵）

注："白"、"峡"为古入声字，属仄声。

2. 七律（首句仄起入韵式）

无　题

（唐）李商隐

相见时难别亦难，东风无力百花残。
春蚕到死丝方尽，蜡炬成灰泪始干。
晓镜但愁云鬓改，夜吟应觉月光寒。
蓬山此去无多路，青鸟殷勤为探看。

＋｜——＋｜—（韵）	＋—＋｜｜——（韵）
＋—＋｜＋—｜（句）	＋｜——＋｜—（韵）
＋｜＋——｜｜（句）	＋—＋｜｜——（韵）
＋—＋｜＋—｜（句）	＋｜——＋｜—（韵）

注："别"、"觉"为古入声字，属仄声。

诗话故事

江郎才尽的故事

南朝的江淹，字文通，他年轻的时候，就成为一个很有名的文学家，他的诗和文章都获得了很高的评价。可是，当他年纪大了以后，他的文章不但没有进步，反而退步不少。他经常提笔好久也写不出一个字来，偶尔灵感来了，写出诗来也是文句枯涩，内容平淡。

于是有人传言，有一次江淹乘船停在禅灵寺的河边，梦见一个自称张景阳的人，向他讨还一匹绸缎，他就从怀中掏出几尺绸缎还他。从此以后，他的文章便不精彩了。还有人传言，有一次江淹在冶亭中睡午觉，梦见一个自称郭璞的人，走到他的身边，向他索笔，对他说："文通兄，我有一支笔在你那儿已经很久了，现在应该可以还给我了吧！"江淹听了，就顺手从怀里取出一支五色笔来还他。据说从此以后，江淹就文思枯竭，再也写不出什么好的文章了。

后来人们以"江郎才尽"比喻才情减退。

迁移拓展

1. 试着写出本书第一单元第二节中两首七律的平仄格式。
2. 和同学玩一玩名句接龙的游戏。

第五单元　对　仗

第一节　对仗规则

经典诵读

例一

游山西村

（宋）陆　游

莫笑农家腊酒浑，丰年留客足鸡豚。
山重水复疑无路，柳暗花明又一村。
萧鼓[1]追随春社近，衣冠简朴古风存。
从今若许闲乘月，拄杖无时夜叩门。

【注释】

①萧（xiāo）鼓：箫与鼓。

例二

村　行

（宋）王禹偁

马穿山径菊初黄，信马悠悠野兴长。
万壑有声含晚籁，数峰无语立斜阳。

棠梨叶落胭脂色，荞麦花开白雪香。

何事吟余忽惆怅，村桥原树似吾乡。

例三

西江月·井冈山

毛泽东

山下旌旗在望，山头鼓角相闻。敌军围困万千重，我自岿然[1]不动。　　早已森严壁垒，更加众志成城。黄洋界上炮声隆，报道敌军宵遁。

【注释】

①岿（kuī）然：坚固而屹立不摇。

例四

沁园春·雪

毛泽东

北国风光，千里冰封，万里雪飘。望长城内外，惟余莽莽；大河上下，顿失滔滔。山舞银蛇，原驰蜡象，欲与天公试比高。须晴日，看红装素裹，分外妖娆。　　江山如此多娇，引无数英雄竞折腰。惜秦皇汉武，略输文采；唐宗宋祖，稍逊风骚。一代天骄，成吉思汗，只识弯弓射大雕。俱往矣，数风流人物，还看今朝。

例五

浣　溪　沙

（宋）苏　轼

簌簌衣巾落枣花，村南村北响缫车[1]，牛衣古柳卖黄瓜。　酒困路长惟欲睡，日高人渴漫思茶。敲门试问野人家。

【注释】

①缫（sāo）车：缫丝所用的器具。

格律知识

对仗规则

一、对仗的六要素

对仗的基本要求可以概括成六要素，即字数相等、内容相关、词性相当、结构相称、节奏相应、平仄相谐。字数相等指出句和对句的字数相等。内容相关指出句和对句之间，内容应当相关联，也就是意思要互相对应，不能毫无关联。词性相当指出句和对句的词语性质应当尽可能相同或相近。如名词对名词、动词对动词、形容词对形容词，以及连词对连词、介词对介词等。结构相称指出句和对句的语法结构（或者说其词组和句式之结构）应当尽可能相同，也即主谓结构对主谓结构、动宾结构对动宾结构、偏正结构对偏正结构、并列结构对并列结构。节奏相应指出句和对句在节奏的停顿上应当尽可能同步。平仄相谐就是指出句和对句平仄相对与平仄交替。（可以参考本书第四单元第一节）

以杜甫的名句“两个黄鹂鸣翠柳，一行白鹭上青天”为例，分析对仗的六要素，可以发现：出句和对句字数相同，都是七字句；内容都是描写所看到的景色；词性相当，数量词“两个”对“一行”、名词“鹂”对“鹭”、“柳”对“天”、动词“鸣”对“上”；颜色词“黄”对“白”、“翠”对“青”；结构相称，偏正结构“黄鹂”对“白鹭”，动宾结构“鸣翠柳”对“上青天”；节奏停顿都是“2、2、1、2”式；平仄符合相粘相对的规则。

二、同类的词互为对仗

对仗要求同类的词互为相对。词性的分类是对仗的基础。按照律诗对仗的特点概括起来，词性大致可以分为下列几类：名词、动词、形容词、数词、量词、颜色词、方位词、虚词、代词、连绵词。

其中名词又可以细分为天文、时令、地理、宫室、器物、衣饰、饮食、文具、文学、植物、动物、形体、人事、人伦等小类。对名词小类的讲究也是工对的要求。

三、对仗在诗中的位置

对仗一般用在律诗的颔联和颈联，即第二联和第三联。（见本节例一、例二）

在一首律诗中，两联对仗是基本的要求。除了中间两联之外，也有首联和尾联用对仗的。

至于绝句，是可以完全不用对仗的。当然，要用对仗也可以，用一联或两联都行。例如杜甫的《绝句》：“两个黄鹂鸣翠柳，一行白鹭上青天。窗含西岭千秋雪，门泊东吴万里船。”就是全用对仗。

凡一首律诗中有两联对仗，而且这两联处于中间位置，即颔联和颈联的，就是正例。

四、词的对仗

词并不要求对仗，但为了加强表达效果，有的词牌大体形成了固定使用对仗的句子。词的对仗，有需要固定使用的，也有可用可不用对仗的。

固定的对仗，例如《西江月》上下阕头两句（见本节例三），此类固定的对仗很少。可用可不用对仗的，例如《沁园春》上阕第二、三两句，第四、五句和第六、七句，第八、九两句，以及下阕第三、四句和第五、六句，第七、八两句（见本节例四）；又如《浣溪沙》下阕头两句（见本节例五）。

小贴士

古代的仪仗队是两两相对的，这就是对仗一词的来历。这种对称的语言方式，使得内容相互映衬，形式整齐、和谐，增强了节奏感和音乐感，达到了表现形式上的高度完美。

诗话故事

陈寅恪出题考对对子

1932 年，清华大学举行新生入学考试，国文考试是由国学大师陈寅（yín）恪（kè，旧亦读作 què）出题，其中有一题就是对对子。陈寅恪出的上联是“孙行者”，结果有一半以上的考生交了白卷，其他考生的对句则五花八门，有对“唐三藏”的，有对“猪八戒”的，都判为不及格。有个别考生对出了“祖冲之”、“王引之”的，也不尽如人意。只有一人对以“胡适之”（胡适，字适之），受到了陈寅恪的激赏。陈大师当时甚至还表态说：“就凭这三个字，这个考生想上清华的哪个系都行！”这个考生就是后来著名的语言学家周祖谟（mó）。

那么，为什么周祖谟的对句能得到陈寅恪的肯定呢？周祖谟先生在回忆文章中曾专门谈到此联：“当时我想到可以作对的有两个人：一个是‘王引之’，一个是‘胡适之’。二者自以对‘胡适之’为好。因为‘适者，往也’，‘往’跟‘行’意思相近，‘引’又是另一个意思。所以我就以‘胡适之’对之。”

迁移拓展

请举出所学律诗中间两联使用对仗的例子，并简要说明对仗的规则。

第二节　对仗方法

经典诵读

例一

山园小梅

（宋）林　逋

众芳摇落独暄妍①，占尽风情向小园。
疏影横斜水清浅，暗香浮动月黄昏。
霜禽欲下先偷眼，粉蝶如知合断魂。
幸有微吟可相狎②，不须檀板③共金尊。

【注释】

①暄（xuān）妍：明媚美丽。　②狎（xiá）：亲近。　③檀（tán）板：简称板，乐器。

例二

过零丁洋

（宋）文天祥

辛苦遭逢起一经，干戈寥落①四周星。
山河破碎风飘絮，身世浮沉雨打萍。
惶恐滩头说惶恐，零丁洋里叹零丁。
人生自古谁无死，留取丹心照汗青。

【注释】

①寥（liáo）落：稀少。

例三

蜀　相

（唐）杜　甫

丞相祠堂何处寻？锦官城外柏森森。
映阶碧草自春色，隔叶黄鹂空好音。
三顾频烦天下计，两朝开济老臣心。
出师未捷身先死，长使英雄泪满襟。

例四

终南别业

（唐）王　维

中岁颇好道，晚家南山陲[①]。
兴来每独往，胜事空自知。
行到水穷处，坐看云起时。
偶然值林叟[②]，谈笑无还期。

【注释】

①陲（chuí）：靠近边界的地方。　②叟（sǒu）：年老的男人。

格律知识

对仗方法

一、工对

对仗的要求是出句和对句之间相对应的词做到平仄相对，词性相同。工对要求把对仗写得更工整些，不仅要求名词对名词，形容词对形容词，动词对动词，而且把各种词（如名词）分出许多小类来，在这些小类里（如名词分出的 14 小类）选词相对。

名家作品中，字字工整的工对是很多的。例如：“疏影横斜水清浅，暗香浮动月黄昏。”（见本节例一）“山河破碎风飘絮，身世浮沉雨打萍。”（见本节例二）

二、宽对

宽对就是比较宽松的对仗，只要平仄相对、同词性的词相对就可以了，不讲究词的具体门类。在七言诗句中，前四个字对得较严格，后三字，特别是最后一个字不讲究的情形比较常见。例如：“山重水复疑无路，柳暗花明又一村。”（见本单元第一节例一）“映阶碧草自春色，隔叶黄鹂空好音。”（见本节例三）

三、流水对

一般对仗出句和对句的内容是并列的，它们各有独立性。流水对则是把一件事、一个意思如同流水般分成两句话说下来，出句和对句之间有着时空上或因果上的连贯性，位置不能颠倒。例如：“行到水穷处，坐看云起时。”（见本节例四）“却看妻子愁何在，漫卷诗书喜欲狂。”（见本书第四单元第五节例三）

四、合掌的避忌

合掌是一种诗病，是指对仗中意义相同的现象。在对仗的两个句子中，出句和对句完全同义或基本同义，好比两个手掌合在一起，称为合掌。在字数本就不多的对句中如果意思重复就没有多少内容了，这就是要避忌的原因。如出句用“红”，对句用“赤”；出句用“河”，对句用“川”；出句用“兵”，对句用“卒”等，都属于合掌。

诗话故事

沈德潜巧妙续诗

清朝乾隆年间，有一年冬天，乾隆游幸杭州西湖，礼部侍郎沈德潜随驾侍从。君臣一行正兴致勃勃游览时，纷纷扬扬地下起了雪来，乾隆看到天降瑞雪，诗兴大发，出口吟道："一片一片又一片"，这句出口后，他一时间搜寻不到佳句，索性接着往下戏吟："三片四片五六片，七片八片九十片——"当他念完这三句时，突然卡壳了。

当时众臣正准备恭维，听到这三句都愣住了，大家心照不宣地想着：什么"一片一片又一片 "，这能算诗吗？简直就是大白话，这下皇上要当众出丑了。乾隆正感难续后句，这时沈德潜急步上前说："请陛下赏与臣续。"乾隆皇帝如获救星，急忙点头应允。沈德潜不假思索，出口续道："飞入梅花都不见。"这句一出，整首都有了诗意，乾隆拍掌称赞："此句大妙，卿文才出众，名不虚传。"于是当场解下貂裘赏赐沈德潜。

迁移拓展

试着对对子：

飞瀑对（　　）	茂林对（　　）	小巷对（　　）
秋凉对（　　）	意懒对（　　）	星沉对（　　）
婉转对（　　）	激昂对（　　）	高超对（　　）
举杯对（　　）	行舟对（　　）	揽胜对（　　）

第六单元　基本素养

第一节　诗词的思维和语言特点

经典诵读

例一

江　　雪

（唐）柳宗元

千山鸟飞绝，万径人踪灭。
孤舟蓑笠翁，独钓寒江雪。

例二

念奴娇·赤壁怀古

（宋）苏　轼

大江东去，浪淘尽，千古风流人物。故垒西边，人道是，三国周郎赤壁。乱石穿空，惊涛拍岸，卷起千堆雪。江山如画，一时多少豪杰。　遥想公瑾当年，小乔初嫁了，雄姿英发。羽扇纶巾[①]，谈笑间，樯橹[②]灰飞烟灭。故国神游，多情应笑我，早生华发。人生如梦，一尊还酹[③]江月。

【注释】

①纶（guān）巾：用青丝带做的头巾。　②樯橹（qiánglǔ）：船只、战船。　③酹（lèi）：把酒洒在地上以示祭奠。

例三

题李凝幽居

（唐）贾　岛

闲居少邻并，草径入荒园。
鸟宿池边树，僧敲月下门。
过桥分野色，移石动云根。
暂去还来此，幽期不负言。

例四

玉楼春·春景

（宋）宋　祁

东城渐觉风光好。縠皱[①]波纹迎客棹[②]。绿杨烟外晓寒轻，红杏枝头春意闹。　浮生长恨欢娱少。肯爱千金轻一笑。为君持酒劝斜阳，且向花间留晚照。

【注释】

①縠（hú）皱：绉纱似的皱纹。　②棹（zhào）：长的船桨。

例五

劳　劳　亭

（唐）李　白

天下伤心处，劳劳送客亭。

春风知别苦，不遣柳条青。

格律知识

诗词的思维和语言特点

一、形象思维

诗词多借助于形象思维。形象思维通过描写具体事物的形象来表达抽象的理念和思想感情。以柳宗元诗《江雪》为例（见本节例一），这首诗是托景言志的。当时诗人柳宗元反对弊政而失败，被贬谪永州，处境孤独，情绪悲愤。开头两句，诗人用飞鸟远遁，行人绝迹的景象，渲染出一个孤寂苦寒的境界，第三、四句刻画了一个身披蓑衣，顶风抗雪，独钓寒江的渔翁形象。这个艺术形象显然是诗人自身的写照，曲折地表达了诗人在政治改革失败后，虽处孤独险恶之中，仍顽强不屈，不向黑暗势力低头的精神。

由此可见，形象化描写能使诗歌充分地寓意于言外，增强艺术感染力和表达效果。

二、语言特点

1. 音韵和谐，具有节奏感。诗词是要便于反复吟诵的，词更是要配乐演唱，这就要求诗词的语言要具有均匀的节奏与和谐的韵律，读来如行云流水，听来如金声玉振，具有感人至深的艺术魅力。

2. 准确生动。诗词的篇幅短小，要用准确的语言写景、叙事、抒情。诗词多用形象思维，往往以其生动形象而感人至深。如苏轼的“乱石穿空，惊涛拍岸，卷起千堆雪”（见本节例二），既是诗又是画，有形有声有色地展现了赤壁的壮丽景色。

诗词的语言要使形象活起来，呈现出动态化，给人以动感。准确巧妙地用词就能使全诗生辉。例如“鸟宿池边树，僧敲月下门”中的“敲”字（见本节例三），又如“红杏枝头春意闹”的“闹”字（见本节例四），都很好地起到了这方面的作用。

3. 精练含蓄。诗词的篇幅很短，要用很少的文字来表现丰富的生活内容和思想感情，它的语言要求高度概括，特别精练、含蓄，具有感染力。

诗词是用艺术形象来表现思想感情的，往往是意在言外，一般情况下它不平铺直述，而多用比喻、象征与暗示，表达委婉，耐人寻味。

例如李白的《劳劳亭》（见本节例五），是诗人在早春时节送别友人的诗。诗的本意是要抒发离别时的悲伤之情，但他却不直接抒发，而是把春风拟人化，说春风通晓人意，深知人间离别的痛苦，不愿见到人们折柳送别的场面，故意不让柳条变绿返青。诗中借春风衬托了诗人内心的悲苦离情，曲折、含蓄，进一步加深了情感。

诗话故事

纪晓岚对句

乾隆五十年（1785 年），四海承平，天下富足，又逢清朝庆典，乾隆皇帝为表示皇恩浩荡，在乾清宫举行了“千叟宴”。应邀赴宴的人达三千九百多人。其中有个一百四十一岁的老叟，乾隆皇帝便以此为题，与纪晓岚对句。

乾隆皇帝先出了上联：“花甲重逢，增加三七岁月。”按照我国古代纪年法，六十为花甲。“花甲重逢”即两个花甲，为一百二十岁，三七岁月，即三七为二十一岁。这样一百二十岁，加上二十一岁，共为一百四十一岁，出联堪称有奇思。

纪晓岚思索片刻，当即对出下联：“古稀双庆，更多一度春秋。”我国俗语说：“人生七十古来稀。”“古稀双庆”，就是两个七十，为一百四十岁，再加一度春秋，就是一百四十岁加一岁，也是一百四十一岁。对句也属绝妙。

迁移拓展

反复诵读本节例诗，体会诗境和语言的特点。

第二节 格律诗的章法——起、承、转、合

经典诵读

例一

酬乐天扬州初逢席上见赠

（唐）刘禹锡

巴山楚水凄凉地，二十三年弃置身。
怀旧空吟闻笛赋，到乡翻似烂柯人。
沉舟侧畔千帆过，病树前头万木春。
今日听君歌一曲，暂凭杯酒长精神。

例二

悯　　农

（唐）李　绅

春种一粒粟，秋收万颗子。
四海无闲田，农夫犹饿死。

格律知识

格律诗的章法——起、承、转、合

起、承、转、合，是诗词传统的章法之一。起、承、转、合在律诗中，比较常见的是以两句为一单位，第一联两句为起，第二联两句

为承，第三联两句为转，第四联两句为合。

简单地说，起，即开始；承，即承上；转，即转折；合，即收合。起笔引发开端，一般交代事情的起因、时间、地点等，以引出下文。承笔承接开头，或写景、或抒情，承上启下。转笔是转折、转换，一首诗是否精彩，在很大程度上取决于“转”，如果转得好，就能匠心独具。合笔是前三联的合成，进一步概括感悟，发表见解和主张，抒发深沉的思想感情。它是全诗的精华所在，所以合笔往往有画龙点睛之妙。

绝句分为五绝和七绝。五绝和七绝的格式为四句两联。从章法上看，最基本的结构是首联的第一句为起句，第二句为承句。尾联的第一句为转句，第二句为合句，也遵循起、承、转、合的规律。

起、承、转、合之间的关系，是起中有合，合中有起，这是首尾呼应，承与转又同时兼顾了起、合，上下关联，一脉相承。

律诗例如刘禹锡的《酬乐天扬州初逢席上见赠》（见本节例一），这首诗的头两句，从自己的被贬写起；第三、四句承接头两句，借典故说明被贬的时间之长；第五、六句转出新的意思，暗喻不应计较个人的得失，要看到事物是向前发展的，表现了乐观、博大的胸襟，最后两句收合全诗，表现了诗人的精神并点了题。起、承、转、合层次清楚。

绝句例如李绅的《悯农》（见本节例二），第一句是起，交代了时间、事件。第二句是承，承接首句写出在春天辛勤播种，到秋天才收获很多粮食。第三句，作者的笔锋一转，由前面春种秋收的规律，联想到整个天下的农事，使诗意转向更为广阔的空间。第四句是合，把前三句的诗意合成、概括，农民辛苦劳碌，天下粮食富足，然而，最终结果却是“农夫犹饿死”。至此诗旨突显，揭示了深切的“悯农”主题，发人深省。

小贴士

起、承、转、合是一个不可分割的有机整体，把握这种最基本的创作手法，对于初学诗词创作的人来说，是一种很好的辅助工具。在实际创作过程中，我们可以经常地检查一下自己的作品是否符合这种组合，通过反复诵读，看看自己的作品是不是流畅贯通，是不是首尾呼应。

诗话故事

毛泽东与周恩来同车联对

20 世纪 50 年代，有一次毛泽东与周恩来到湖南视察。一天，两人同坐一辆车游览长沙市，车驶到湘江的橘子洲，毛泽东触景生情，吟出上联：“橘子洲，洲旁舟，舟行洲不行。”

该联选取眼前情景，将来往的船只与千古不移的江洲自然地融于一联，而且“舟”与“洲”是谐音，一时之间要想对出下联，很不容易。

轿车离开橘子洲开往市内，不久到了天心阁。这时，周恩来看见一群鸽子从阁内飞出，受到启发，立即对出下联：“天心阁，阁中鸽，鸽飞阁不飞。”

周恩来对的下联十分工巧，也是用了一个地名，而且“阁”与“鸽”也是谐音，毛泽东听后，很满意地点点头，会心地笑了……

迁移拓展

试着分析你喜欢的一首绝句或律诗起、承、转、合的内在关系。

第三节 词的章法——起、过、结

经典诵读

例一

永 遇 乐

（宋）李清照

落日熔金，暮云合璧，人在何处？染柳烟浓，吹梅笛怨，春意知几许？元宵佳节，融和天气，次第岂无风雨？来相召，香车宝马，谢他酒朋诗侣。 中州盛日，闺门多暇，记得偏重三五。铺翠冠儿，捻金①雪柳，簇带争济楚。如今憔悴，风鬟②霜鬓，怕见夜间出去。不如向、帘儿底下，听人笑语。

【注释】

①捻（niǎn）金：以金缕丝线织锦。 ②鬟（huán）：环形发髻。

例二

满 江 红

（宋）岳 飞

怒发冲冠，凭栏处、潇潇雨歇。抬望眼，仰天长啸，壮怀激烈。三十功名尘与土，八千里路云和月。莫等闲、白了少年头，空悲切！ 靖康①耻，犹未雪；臣子恨，何时灭？驾长车，踏破贺兰山缺。壮志饥餐胡虏②肉，笑谈渴饮匈奴血。待从头、收拾旧山河，朝天阙[3]！

【注释】

①靖（jìng）康：靖康之变，中国历史上的一次著名事件，导致北宋灭亡。 ②胡虏（lǔ）：与中原敌对的北方部族的通称。 ③天阙（què）：本指皇帝所居住的宫殿，在这里指代皇帝。

例三

忆 秦 娥

（唐）李 白

箫声咽，秦娥梦断秦楼月。秦楼月，年年柳色，霸陵伤别。 乐游原上清秋节，咸阳古道音尘绝。音尘绝，西风残照，汉家陵阙。

例四

武陵春·春晚

（宋）李清照

风住尘香花已尽，日晚倦梳头。物是人非事事休，欲语泪先流。 闻说双溪春尚好，也拟泛轻舟。只恐双溪舴艋[1]舟，载不动，许多愁。

【注释】

①舴艋（zéměng）：形似蚱蜢的小船。

例五

扬　州　慢

（宋）姜　夔

淮左名都，竹西佳处，解鞍少驻初程。过春风十里，尽荠麦①青青。自胡马窥江去后，废池乔木，犹厌言兵。渐黄昏，清角吹寒，都在空城。　　杜郎俊赏，算而今、重到须惊。纵豆蔻②词工，青楼梦好，难赋深情。二十四桥仍在，波心荡、冷月无声。念桥边红药，年年知为谁生？

【注释】

①荠（jì）麦：一种粮食作物。　②豆蔻（kòu）：一般用以形容十三四岁的少女。

例六

菩萨蛮·书江西造口壁

（宋）辛弃疾

郁孤台下清江水，中间多少行人泪？西北望长安，可怜无数山。　　青山遮不住，毕竟东流去。江晚正愁余，山深闻鹧鸪①。

【注释】

①鹧鸪（zhègū）：一种鸟。

例七

破 阵 子

（五代）李 煜

四十年来家国，三千里地山河。凤阁龙楼连霄汉，玉树琼枝作烟萝，几曾识干戈？　　一旦归为臣虏，沈腰潘鬓①消磨。最是仓皇辞庙日，教坊犹奏离歌，垂泪对宫娥。

【注释】

①沈腰潘鬓（pānbìn）：比喻男子的身体瘦弱，早生白发。

格律知识

词的章法——起、过、结

词的章法主要包括起、过、结等内容。词篇幅短小，词人就是要在这方寸之地运转自如，使笔下的词跌宕起伏，美不胜收。其中，起、过和结，是重要的基础。

一、起

起就是词的引起、发端。从内容上来看，词的起法很多，但都要求留有余地，引人入胜。宋词常见的开头方式有：

1. 以景起。这种方式最为常见，例如：“落日熔金，暮云合璧。”（见本节例一），以景起营造生动的意境，引人遐思。

2. 以情起。一般是开门见山，直抒胸臆，感情笼罩全篇。例如：“怒发冲冠，凭栏处、潇潇雨歇。”（见本节例二）。词用情语开启，情感大多强烈真率，能一下子抓住读者的心，引起情感共鸣。

3. 以事起。先叙事，再就事生发。如“醉里挑灯看剑”（见本书第二单元第二节例一）。初看似乎平淡无奇，实际上蓄势待发引发后文。

4. 以问起。先提出一个问题，再回答。例如："明月几时有？把酒问青天。"（见本书第一单元第六节例一）这种以问起法，其情感比直述更震撼人心。

二、过

过指过片。词调多为上、下两片，表现的都是同一个主题，两个层次虽然形式上分开，内容必定要密切关联。这个上、下片之间的桥梁作用，就在下片的开头，即过片的身上。过片，承上接下是总要求，一般来说，上、下片要接得紧密、自然，又以能出新意为上。

过片的具体做法常用的有以下几种：

1. 上、下片紧密相连，意思不隔断。这是最常见的做法，如：辛弃疾的《菩萨蛮·书江西造口壁》（见本节例六）。下阕过片由青山又回应到江水。两山相连，衔接紧凑，具有承上启下的重要作用。

2. 上、下片不相连，换头另起一端。好像上、下片说的是两件事，其实整个的意境、感情、气脉是完整贯通的。如苏轼的《卜算子·黄州定慧院寓居作》（见本书第二单元第二节例二）上片写幽人，幽人孤独如孤鸿，下片写孤鸿，孤鸿幽恨如幽人。全词托物寄寓了诗人苦闷和孤高的复杂情怀。

3. 上、下片相对比。下片首紧承上片尾，使上、下片对比照应。如李煜《破阵子》（见本节例七），上片追念昔日帝王生活以"几曾识干戈"作结，下片以突然间作了敌人干戈下的囚虏起首，对比十分鲜明。

三、结

词的结尾也非常重要，往往是全篇的点睛之笔。结句要收束有力，又能发人深思，留有余味，所以词人们在结句上也特别下功夫。

1. 以景结。例如："西风残照，汉家陵阙。"（见本节例三）气象雄浑，怀古幽深。

2. 以情结。例如："只恐双溪舴艋舟，载不动，许多愁。"（见本节例四）情语结句，多以真率深挚取胜。

3. 以问结。例如："念桥边红药，年年知为谁生？"（见本节例五）

余韵不尽，格外动人。

诗话故事

李白与搁笔亭

搁笔亭是位于黄鹤楼公园南区的一个景点，以纪念盛唐时期黄鹤楼上李白搁笔的故事。

话说古时候，黄鹤楼是远近闻名的雅聚游览之地。尤其到了唐代，黄鹤楼更是声名远播。这是因为诗人崔颢登楼后写下一首《黄鹤楼》诗：“昔人已乘黄鹤去，此地空余黄鹤楼。黄鹤一去不复返，白云千载空悠悠。晴川历历汉阳树，芳草萋萋鹦鹉洲。日暮乡关何处是？烟波江上使人愁。”这首诗一时被人们广为传诵，称为黄鹤楼绝唱，致使天下文人墨客，都想到此地一睹为快。

后来，李白来到黄鹤楼游玩，登高饱览楚地壮美风光，触动了诗兴，便想题诗一首，以作纪念。他随后提笔来到壁前，看见上面已有不少题诗，其中便有崔颢的黄鹤楼题诗，反复吟诵之后，不由得由衷赞叹，便说出了这首“一拳捶碎黄鹤楼，一脚踢翻鹦鹉洲。眼前有景道不得，崔颢题诗在上头”的诗，就搁笔不写了。

崔颢题诗，李白搁笔，从此黄鹤楼之名更加显赫。

迁移拓展

有感情地诵读例词，体会词的章法和意境。

第四节　诗词的语法特点

经典诵读

例一

沁园春·长沙

毛泽东

独立寒秋，湘江北去，橘子洲头。看万山红遍，层林尽染；漫江碧透，百舸①争流。鹰击长空，鱼翔浅底，万类霜天竞自由。怅寥廓②，问苍茫大地，谁主沉浮？　　携来百侣曾游，忆往昔峥嵘岁月稠。恰同学少年，风华正茂；书生意气，挥斥方遒③。指点江山，激扬文字，粪土当年万户侯。曾记否，到中流击水，浪遏飞舟？

【注释】

①舸（gě）：大船。　②寥廓（liáokuò）：高远空旷。　③挥斥方遒（qiú）：热情奔放，劲头正足。

例二

泊船瓜洲

（宋）王安石

京口瓜洲一水间，钟山只隔数重山。
春风又绿江南岸，明月何时照我还？

例三

菩萨蛮·黄鹤楼

毛泽东

茫茫九派流中国，沉沉一线穿南北。烟雨莽苍苍，龟蛇锁大江。　　黄鹤知何去？剩有游人处。把酒酹滔滔，心潮逐浪高！

例四

送瘟神（其二）

毛泽东

春风杨柳万千条，六亿神州尽舜尧。
红雨随心翻作浪，青山着意化为桥。
天连五岭银锄落，地动三河铁臂摇。
借问瘟君①欲何往，纸船明烛照天烧。

【注释】

①瘟（wēn）君：瘟神。

例五

黄　鹤　楼

（唐）崔　颢

昔人已乘黄鹤去，此地空余黄鹤楼。
黄鹤一去不复返，白云千载空悠悠。
晴川历历汉阳树，芳草萋萋鹦鹉洲。

日暮乡关何处是，烟波江上使人愁。

例六

枫桥夜泊

（唐）张　继

月落乌啼霜满天，江枫渔火对愁眠。
姑苏城外寒山寺，夜半钟声到客船。

例七

青　玉　案

（宋）贺　铸

凌波不过横塘路，但目送、芳尘去。锦瑟华年谁与度？月桥花院，琐窗朱户，只有春知处。　飞云冉冉蘅皋[1]暮，彩笔新题断肠句。试问闲愁都几许？一川烟草，满城风絮，梅子黄时雨。

【注释】

①蘅皋（hénggāo）：生长香草的水边高地。

格律知识

诗词的语法特点

一、词类的活用

在诗词中经常出现某一类性质的词临时用为另一类性质的词的情况，这叫词类的活用。

常见的有将名词作动词用。例如：“粪土当年万户侯”（见本节例一）一句中的“粪土”一词应是名词，这里用作动词，是“把当年万户侯看作粪土”的意思。

有将形容词作动词用的，例如：“春风又绿江南岸”（见本节例二），“绿”应是形容词，这里用作动词，是“春风又吹绿了江南岸”的意思。

有将形容词作名词用的，例如：“把酒酹滔滔”（见本节例三）的“滔滔”应是形容词，这里作名词用，是“滚滚东流江水”的意思。

二、语序的变换

在诗词中，为了适应平仄格律的要求，或者为了增加句子的美感，在不损害原意的基础上，诗人们常常将语序作适当变换。

例如“六亿神州尽舜尧”（见本节例四），本意应该是“神州六亿尽尧舜”，是说六亿人民都似尧舜。可是依照平仄规则，这里应为“仄仄平平仄仄平”，所以“神州”和“六亿”倒过来，至于把“尧舜”说成是“舜尧”不仅是由于平仄的需要，把“尧”字放在句末还兼顾了押韵的要求。

又如：“晴川历历汉阳树，芳草萋萋鹦鹉洲。”（见本节例五）本意应是“汉阳树晴川历历，鹦鹉洲芳草萋萋”，这里将主语后置，既注意了节奏的美感，兼顾了押韵，又突出了主语优美的意象，为引出尾联渺茫的乡愁作了铺垫。

再如：“月落乌啼霜满天，江枫渔火对愁眠。”（见本节例六）这里正常的语序应是“对江枫渔火愁眠”，将介词宾语“江枫渔火”的位置前移，既合乎了平仄格律的要求，还将平淡枯燥的叙述变成了意趣优美的诗句。

三、省略和不完全

诗词的篇幅是很有限的，为了适应格律的要求和精练语言、增强表达效果的需要，省略句子成分的情况在诗词中也很常见。

省略主语的情况很多见，例如：“感时花溅泪，恨别鸟惊心。”（见本书第四单元第三节例三）“花”、“鸟”实际上都是状语，却被放在了主语的位置上，这里的抒情主人公被省略了，不但没有影响表达的效果，还留给人想象的空间。

省略谓语动词的例子也很多，例如："恰同学少年，风华正茂；书生意气，挥斥方遒。"（见本节例一）"恰"字是副词，后面没有紧跟动词。

有的名词性词组组成的句子，不需要描写动作，而是利用名词并列，就能使人联想到事物的动态。例如："试问闲愁都几许？一川烟草，满城风絮，梅子黄时雨。"（见本节例七）这里都是对几种事物的描写，没有谓语动词，铺排出了一种迷离朦胧的闲愁之美。

诗话故事

千里送鹅毛

唐朝贞观年间，西域回纥国是大唐的藩国。有一次，回纥国为了表示对大唐的友好，便派使者缅伯高带了一批珍奇异宝去拜见唐王。在这批贡物中，最珍贵的要数一只罕见的珍禽——白天鹅。

缅伯高一路上精心照看这只白天鹅，他亲自喂水喂食，一刻也不敢怠慢。这天，缅伯高来到沔阳湖边，只见白天鹅伸长脖子，张着嘴巴，吃力地喘息着，缅伯高心中不忍，便打开笼子，把白天鹅带到水边让它喝个痛快。谁知白天鹅喝足了水，奋力一扇翅膀飞上了天，缅伯高向前一扑，只抓到几根羽毛，眼睁睁看着它飞得无影无踪。缅伯高惊得愣住了，思前想后，决定继续东行，他拿出一块洁白的绸子，小心翼翼地把鹅毛包好，又在绸子上题了一首诗："天鹅贡唐朝，山重路更遥。沔阳湖失宝，回纥情难抛。上奉唐天子，请罪缅伯高。物轻人义重，千里送鹅毛！"

缅伯高带着珠宝和鹅毛，披星戴月，不辞劳苦，不久就到了长安。唐太宗接见了缅伯高，缅伯高献上鹅毛。唐太宗看了那首诗，又听了缅伯高的诉说，非但没有怪罪他，反而觉得缅伯高忠诚，不辱使命，就重重地赏赐了他。

从此，“千里送鹅毛，礼轻情意重”便成为我国民间礼尚往来、交流感情的写照。

迁移拓展

试着举出以前所学诗词中词类活用的例子并作简要分析。

第五节　诗词的修辞手法

经典诵读

例一

鹊　桥　仙

（宋）秦　观

纤云弄巧，飞星传恨，银汉迢迢暗度。金风玉露一相逢，便胜却人间无数。　柔情似水，佳期如梦，忍顾鹊桥归路。两情若是久长时，又岂在朝朝暮暮。

例二

扬　子　江

（宋）文天祥

几日随风北海游，回从扬子大江头。
臣心一片磁针石，不指南方不肯休。

例三

中　秋　月

（宋）苏　轼

暮云收尽溢清寒，银汉无声转玉盘。
此生此夜不长好，明月明年何处看。

例四

送　友　人

（唐）李　白

青山横北郭，白水绕东城。
此地一为别，孤蓬万里征。
浮云游子意，落日故人情。
挥手自兹去，萧萧班马鸣。

例五

春夜喜雨

（唐）杜　甫

好雨知时节，当春乃发生。
随风潜入夜，润物细无声。
野径云俱黑，江船火独明。
晓看红湿处，花重锦官城。

例六

海　　棠

（宋）苏　轼

东风袅袅泛崇光，香雾空蒙月转廊。
只恐夜深花睡去，故烧高烛照红妆。

例七

秋　浦　歌

（唐）李　白

白发三千丈，缘愁似个长。
不知明镜里，何处得秋霜。

例八

鸟　鸣　涧

（唐）王　维

人闲桂花落，夜静春山空。
月出惊山鸟，时鸣春涧中。

例九

赠　汪　伦

（唐）李　白

李白乘舟将欲行，忽闻岸上踏歌声。
桃花潭水深千尺，不及汪伦送我情。

格律知识

诗词的修辞手法

在诗词中，经常用到多种修辞手法，使语言表达得准确、鲜明而富有感染力。现在高考考纲明确要求掌握的常见诗词修辞手法是比喻、拟人、夸张、对比、衬托、通感、双关、对偶、顶真九种，诗词中常用的手法主要是前面六种。

一、比喻

比喻就是打比方，即用某些有类似点的事物来比拟另一事物。运用比喻可以突出事物特征，使表达更加生动鲜明。比喻常见的有明喻、暗喻、借喻等几种。

1. 明喻。所谓明喻，即比喻的事物（喻体）和被比喻的事物（本体）同时出现，两者之间有的有比喻词，有的省略比喻词，但都表示“甲像乙”（即本体像喻体）的意思。例如：①“柔情似水，佳期如梦。”（见本节例一）②“臣心一片磁针石，不指南方不肯休。”（见本节例二）第一句以“水”比喻柔情，以“梦”喻佳期，是抒情名句。第二句“磁针石”比喻忠于宋朝的一片丹心。

2. 暗喻。是将本体直接说成是喻体，语气更肯定，感情更强烈。例如：“暮云收尽溢清寒，银汉无声转玉盘。”（见本节例三）将月亮直接说成玉盘，形象更鲜明生动。

3. 借喻。所谓借喻，即诗中借喻体代指本体。例如：“此地一为别，孤蓬万里征。”（见本节例四）“蓬草”，又叫飞蓬，枯后断根，遇风飞旋。古诗多以之比喻孤身远行的旅人。

二、拟人

拟人就是把物当作人来写，运用拟人可以使色彩鲜明，描绘形象，表意生动。例如：“好雨知时节，当春乃发生。”（见本节例五）把雨拟人化，表现了诗人喜悦的心情。“只恐夜深花睡去，故烧高烛照红妆。”（见本节例六）以花比美人，极富雅趣。

三、夸张

夸张就是为了把事物表达得更加具体形象，对事物的形象、特征、作用、程度等方面着意扩大或缩小的描述，从而引起人们丰富的联想或者引起读者的共鸣。例如：“白发三千丈，缘愁似个长。”（见本节例七）把白发说成三千丈，强化了诗人悲愁的程度，使人受到情绪的感染。

四、对比

运用对比，可以把不同的人物、不同的生活现象、不同的思想感情区别得更加鲜明。例如：“四海无闲田，农夫犹饿死。”（见本单元第二节例二）“无闲田”与“犹饿死”形成惊人的对比，揭露出尖锐的阶级矛盾。

五、衬托

衬托是为了突出主要事物，先描写与之有关联的事物作为陪衬的修辞手法。例如：“月出惊山鸟，时鸣春涧中。”（见本节例八）这种以闹衬静的写法，衬托得春夜山涧更加幽静。又如：“桃花潭水深千尺，不及汪伦送我情。”（见本节例九）用千尺桃花潭水反衬汪伦对我情义至深，增强了感染力。

六、通感

通感是把人的各种感觉（视觉、听觉、嗅觉、味觉、触觉等）通过比喻或形容沟通起来的修辞。例如：“绿杨烟外晓寒轻，红杏枝头春意闹。”（见本单元第一节例四）这一句的妙处，在于用听觉感受“闹”来表现视觉感受，呈现出一幅杏花盛开、春意盎然的景象。

诗话故事

“推敲”的故事

唐代诗人贾岛早年贫寒，喜作诗苦吟。一天，贾岛骑着毛驴返回长安。半路上，他想起昨夜即兴写成的《题李凝幽居》的小诗，觉得“鸟宿池边树，僧推月下门”中的“推”字用得不够妥帖，或许改用“敲”字更恰当些。贾岛骑着毛驴，一边吟哦，一边做着敲门、推门的动作，不知不觉进了长安城。这时，正在京城做官的韩愈，在仪仗队的簇拥下迎面而来。行人、车辆都纷纷避让，贾岛骑在毛驴上，比比划划，竟然闯进了仪仗队中。差人把他带到韩愈面前。

韩愈问贾岛为什么乱闯。贾岛就把自己作的那首诗念给韩愈听，并说其中一句拿不定主意是用“推”好，还是用“敲”好。韩愈听了，很有兴致地思索起来。过了一会儿，他对贾岛说：“我看还是用‘敲’好，万一门是关着的，推怎么能推开呢？再者去别人家，又是晚上，还是敲门有礼貌呀！而且一个‘敲’字，使夜深人静之时，多了几分响声。静中有动，岂不活泼?”贾岛听了连连点头。他不但没受处罚，还和韩愈交上了朋友。

“推敲”从此也就成为常用词，用来比喻做文章写诗或做事时，反复比较琢磨，以达到最佳效果。

迁移拓展

试着举出所学诗词中运用夸张手法的句子，并简要分析其作用。

第六节　诗词的“改”与“工”

经典诵读

例一

望洞庭湖赠张丞相

（唐）孟浩然

八月湖水平，涵虚混太清。
气蒸云梦泽，波撼岳阳城。
欲济无舟楫[①]，端居耻圣明。
坐观垂钓者，徒有羡鱼情。

【注释】

①舟楫（jí）：船只。

例二

题西林壁

（宋）苏　轼

横看成岭侧成峰，远近高低各不同。
不识庐山真面目，只缘身在此山中。

例三

早　梅

（唐）齐　己

万木冻欲折，孤根暖独回。
前村深雪里，昨夜一枝开。
风递幽香出，禽窥① 素艳来。
明年如应律，先发望春台。

【注释】

①窥（kuī）：偷看。

格律知识

诗词的“改”与“工”

一、诗不厌改

这里所说诗词的“改”，即指诗词作者对作品的推敲、修改，“工”即是诗词创作要求的工稳、妥帖。

修改，是诗词创作的重要一环。通过修改主要解决两大问题：一是纠错，纠正错字、错词、失律、失实情况，确保作品无误；二是润色，力求做到主题鲜明、意境优美、语言生动、表现手法新颖，提高作品的感染力和生命力。

好诗不厌改，从古至今诗人们都很注重诗的修改。杜甫说：“为人性僻耽佳句，语不惊人死不休。”诗人贾岛和韩愈为“鸟宿池边树，僧敲月下门”的“敲”字好还是“推”字好推敲入迷，这些美谈，古往今来，激励众多诗人潜心修改自己的作品。

二、炼字、炼句、炼意

修改的方法主要是诗词作者反复推敲、琢磨诗词语言，这种过程叫做锤炼，就像锻造铁器一样，经过千锤百炼，去掉杂质留下精粹。

诗的篇幅很短，它的语言要求高度概括，特别精练、含蓄，还要准确、形象，具有感染力，因此在语言的锤炼上必须下大力气，在炼字、炼句、炼意上必须下大工夫。

例如：王安石的“春风又绿江南岸”（见本单元第四节例二）中的“绿”字，就是经过反复推敲多次，最后才确定用“绿”字的。这个“绿”字被活用作了动词，给人以动态之感，使诗意更加活泼，富有生机。又如：“气蒸云梦泽，波撼岳阳城。”（见本节例一）是千古传诵的妙句，特别是“蒸”、“撼”两个动词用得很好，表现了壮观、磅礴的气势，使整首诗的精神都为之振奋。选择、使用这些动词，就叫炼字。

再如：“横看成岭侧成峰，远近高低各不同。不识庐山真面目，只缘身在此山中。”（见本节例二）据《东坡志林》记载，这首诗的第二句原为“到处看山了不同”，后来他换了五个字。因为“到处看山”不但与第一句重复，而且显得很平淡，改成“远近高低”，不但与第一句衔接得很紧凑，内容也有新意，显示了群山的不同视角和形状，富含哲理引人深思。

炼字、炼句的目的都是为了炼意，即是为了提高诗的思想性，创造更高更美的意境。

小贴士

诗不厌改，可以说很多好的诗词不是写出来的而是改出来的。大家在今后的诗词学习与创作中，要多揣摩诗词的语言和立意，虚心求教，反复修改，逐步提高诗词创作的水平，增强信心，创作出更多更好的诗词作品来。

诗话故事

“一字师”

相传五代时期，著名诗僧齐己有一次在下了一夜大雪的早上，发现有几枝梅花开了，为了表现一个“早”字，他便写了一首《早梅》诗，其中有两句是：“前村深雪里，昨夜数枝开。”他对这两句诗很满意，便高兴地拿着这首诗去请教诗友郑谷。

郑谷看了几遍后评点说：“数枝梅花开已经相当繁盛了，不足以说明‘早’，不如把‘数枝’改为‘一枝’更贴切。”齐己听了，认为改得很好，欣然接受，并向郑谷拜谢，后人便称郑谷为齐己的“一字师”。

迁移拓展

将自己的诗词作品向老师、家长请教，或者在班上开一个改稿会，反复修改。

湖北省校园诗教试点工作协调指导组名单

顾　　问：杨叔子（中国科学院院士、华中科技大学原校长、中华诗词学会及湖北省诗词学会名誉会长）

　　　　　李进才（武汉大学原副校长、江汉大学校长、湖北省诗词学会副会长）

　　　　　罗　辉（湖北省人大常委会原副主任、湖北省诗词学会会长）

　　　　　张桂华（共青团湖北省委书记）

　　　　　张　澍（共青团湖北省委副书记）

负 责 人：徐本禹（共青团湖北省委学校部部长）

　　　　　张雪华（湖北省财政厅原副巡视员、湖北省诗词学会会长助理）

办公室成员：崔　鲲　姚泉名